故乡，已是驿站

唐先武 著

时代出版传媒股份有限公司
安徽文艺出版社

图书在版编目（ＣＩＰ）数据

故乡，已是驿站/唐先武著. —合肥：安徽文艺
出版社，2019.10（2024.11 重印）
    ISBN 978-7-5396-6764-5

Ⅰ．①故… Ⅱ．①唐… Ⅲ．①散文集－中国－当代
Ⅳ．①I267

中国版本图书馆 CIP 数据核字(2019)第 189207 号

出 版 人：姚　巍
责任编辑：姜婧婧　刘　畅　装帧设计：史　琦　　张诚鑫
....
出版发行：安徽文艺出版社　　www.awpub.com
地　　址：合肥市翡翠路 1118 号　　邮政编码：230071
营 销 部：(0551)63533889
印　　制：三河市兴国印务有限公司
....
开本：700×1000　1/16　印张：12.75　字数：200 千字
版次：2019 年 10 月第 1 版
印次：2024 年 11 月第 4 次印刷
定价：49.80 元
....

序:从故乡出发

徐贵祥

文人先武,当我开始酝酿这篇文章的时候,脑子里突然蹦出了这四个字。当然,这样讲容易引起误解,单从字面上看,好像是说,要当文人必须首先习武。我的本意当然不是这个意思,而是说,唐先武这个人,是个文人。这是我对他的基本判断,过去是,现在还是。

先谈谈唐先武这个人。

在北京生活的众多老乡里面,我和唐先武走动得比较频繁,理由很多,首先是因为我们有共同的故乡,来自一个乡镇,是老乡中的老乡;其次是因为我们都有在北京漂流的经历,并且都有个人奋斗、凭借真才实学发展、靠劳动吃饭的思想基础;再次,他后来成为一个记者,我后来成为一个作家,文学同新闻是近亲,之间有很多共同的话题。最后一点非常重要,小时候生活在同一片天空下,沐浴同一片阳光,伸出双手能够捧到同一场春雨,有着接近的文化心理,当然就有比较类似的优点和缺点——重点是缺点:自命不凡,自以为是,有时候甚至还有点自高自大。我俩的这个缺点非常相像,让我们看起来好像是一对表兄弟,有着亲缘的文化基因。事实上,也是这个缺点,给了我们前进的动力,那就是自信——我们还没有到盲目自信的地步,我们一边自信着,一边自卑着,一边春风得意着,一边互相提醒着,一边做着美梦,一边干着实事,终于,越来越自信了。

我和先武认识,是在 20 世纪 90 年代初,那时候他求学在京,我借调在京,他乡故知,一拍即合,两个流浪汉,经常聚在一起,谈天谈地谈洪集镇,喝水喝酒喝西北风,日子过得清苦,但是乡情浓郁,乐在其中。我对他的评价是,反应敏捷,聪明能干;乐于助人,好为人师;于公于私,都是一个可交的人。再后来,我们牢牢地抓住了北京的褂襟子,一起成了北京人。回头一想,我们还有一个共同的故乡,就是当年我们吃过的那些小饭馆和散步走过的那些路。

再谈谈唐先武的写作。

唐先武的新闻稿件我看过一些,感觉此人目光独到,抓点抓得比较精准,文笔也很好,能够在文体的制约下力所能及地表现才情,文风灵动。可以看得出来,他是比较注重诗意和形象化的,在新闻稿件写作中,经意和不经意间地体现文学性,这是十分难得的。长期的、大量的、诗化的新闻写作,为他的散文创作积累了充分的文学准备,这就是他为什么写起来能够得心应手的原因。近年来,唐先武写出了多篇关于"故乡"的散文,由安徽文艺出版社结集出版成《故乡,已是驿站》一书,细细读来,让我产生很多联想。

在中国的现代化进程中,很多农村人背井离乡,从农村迁徙到城市。他们怀着美好的向往,在尝试融入城市生活的过程中,在忍辱负重的艰辛打拼中,难以忘怀的依然是故乡。故乡,就像游子远行之前,父母交给我们的盘缠,打在我们的精神背囊里,扛在我们的肩上,跟随我们来到城市,一点一滴地为我们提供精神营养——无论顺利和挫折,无论成功和失意,它都寸步不离地跟着我们,同我们一起弹冠相庆或者一道借酒浇愁。

为什么说故乡已是一个驿站呢,唐先武从三个方面诠释了这种认识。

首先，故乡这个概念，对于更多的人来说，已然成为记忆而不是实体。其次，经过岁月的洗涤，记忆中的故乡已经被诗化了，而不再是原貌。第三，对于一个融入城市生活的人来说，无论是空间意义的故乡还是时间意义的故乡，我们都很难返回了。故乡的意义，只存留于精神层面而不是物质层面。

对此，我有同感。我们之所以怀念故乡，恰好就是因为故乡已经不再是故乡，恰好就是因为记忆中的故乡有了许多想象的成分，恰好就是因为我们再也回不到故乡的怀抱了。我曾经在一篇文章里写过两句话，我用我的前半生摆脱乡村，我用我的后半生返回乡村。这其实也是一种浪漫的理想，即便我真的回到乡村，我也不可能复原我的故乡和过去的生活，区别仅仅在于，我可以把故乡负在肩上，装在心里，让那温馨的童年和在时间里流淌至今的乡韵，抚摸疲惫的心灵。

情感决定方向。唐先武的故乡记忆，是魂牵梦绕的，是经过岁月沉淀之后依然储存的意象，因而他笔下的故乡往事能够栩栩如生。比如，书中多处出现的童年趣事，比如，随处可见的家乡的风土人情，比如，那些让他念念不忘的亲人、乡亲和景象。那个地方，那个时代，那些人物，那些事物……我们能够从中读出他的欢快，因为那是他纯真的、还没有被现代文明挤压的童年。与他同感，我们并不是怀念那个物质匮乏的时代，我们怀念的是在我们心里印下深深烙印的亲情、友情和"少年不知愁滋味"的遥远而又亲近、朦胧而又清晰的乡愁。

离开故乡是生活需要，回到故乡是生命需要。

唐先武的故乡书写，当然不止步于对小桥流水、古道西风的咏叹和对往事的缅怀，字里行间，画面之外，我们也能捕捉到另一种更加深刻的情绪，那就是对环境保护、乡村建设和时代变迁带来的精神变异等问题的思考，颇具家国情怀。这种思考使得这本抒情性散文集子，陡然增加了重量，这也是我喜欢本书的原因之一。

　　我们从故乡的村口出发，从村头那条土路走上公路，经由汽车、火车转送到城市，十年、二十年、三十年……我们有了城里人的标签，过上了城里人的生活。如今，我们可以轻而易举地乘坐高铁和飞机回到故乡。村口已不是那个村口，土路也不是那条土路，就连河边的柳树，也不再是那棵柳树。但是，天空还是那片天空，白云还是那朵白云，故乡的太阳还在，故乡的温暖还在。保留一片美好的记忆，就能净化一颗向美的心灵。我们的生活不仅需要高楼、高薪、高铁和高级职称，更需要高兴。忙里偷闲，回到驿站，炒两道家常小菜，煮一碗蛋花米酒，聊聊陈年往事，心里会涌出宁静的清香。或许，很多年后，我们的子孙会指着越来越大的城市说，喏，那就是我的故乡。只是不知道，他们会不会和我们有一样的乡愁。

自序

　　2018 年初，南方一场大雪下得特别猛烈，让喜欢大雪的我一直想回去看看，静静地听落雪簌簌的声音，或缓缓地走在上面听积雪咯吱咯吱的回响声，还有就是踏雪有痕，回首看雪地里留下自己的大大脚印，有的深有的浅，那意境，想起来都很美、很享受。

　　但因为大雪导致的交通堵塞，我又不敢贸然前行，怕是去凑热闹添乱；加之，想想回去也只能住宾馆，没有了窗外大雪漫天、室内炭火通红的感觉，也就没有成行，只能看看电视新闻报道和微信里老家朋友圈里的信息。报道称这次大雪超过了 1951 年老家的那场大雪，足以见大了。因为 1951 年的那场大雪，我是听上一辈子人讲过的。

　　母亲就说过那场大雪。她说那一年雪下得很大，村后荒山森林里积雪很深，风窝里积有一人多深的雪。那里古树参天，粗得两个人都搂抱不过来，巨树顶上有多座老鹰窝，因此那里被称为"老鹰窝"。大三舅也说过那场大雪。

　　我渐记事的时候，春节期间大三舅来我们家，围坐火堆烤火时他总爱说过去的故事，曾经就说过那场大雪。他一直住在外村，春节时来给外祖母拜年,因此走过老鹰窝。他说,那时候每年春节都要下大雪,但下得那么大,他一辈子就见过那一次,深及人的胳肢窝。好在雪落得比较结实,他是深一腿浅一腿,慢慢地腾挪过来。那时候生态环境很好,绿水青山,森林茂密,生物多元化和谐相处。因为雪下的时间长了,或白天或夜晚,很多动物都要出来找吃的。雪地里常有多种动物出没,如野兔、狐狸、黄鼠狼、老鹰、野猪、獾、狼等。老鹰捉野兔、野鸟甚至叼家鸡,狼吃鸡、吃羊,人循着雪地里的痕迹徒手捉住野兔,都是常有的事。

那时候真的有狼。小时候,我们听大人说过很多和狼有关的故事。说狼特别凶猛,跑得特别快,舌头特别大、特别厉害,说某某小孩晚上在外乘凉睡觉,大人没注意,狼来了,舌头一舔,小孩的半个脸就没了;还有狼跑到猪圈里把猪背跑了的故事。说狼怕火,点火它就不敢来了;打狼要打腿,狼是麻秆腿,细而脆,一打一个准,打头和身子都没用。现在想来,大人是想用这些血淋淋的案例来教我们如何小心防狼、狼来了又如何打。因为狼就在我们身边。

野兔、野鸡、狐狸、黄鼠狼、老鹰、野猪、獾、刺猬,还有喜鹊、斑鸠、麻雀、布谷鸟、苦哇鸟和很多不知名的鸟,这些我都是见过的,并且充斥在我童年的生活中。小时候,大人出去干农活,临走时总是叮嘱我们看好家里的鸡鸭鹅,别让老鹰给叼走了。而我亲见过多次老鹰叼鸡、狐狸背鸡,"老鹰叼鸡啦——","毛狗子背鸡啦——",我们大造声势喊叫着跑过去,就近的人也喊叫着跑过去,轰走老鹰或毛狗子。我们那里把狐狸叫作毛狗子,可能因其和狗长得有些像、毛又有些长而得名。

黄鼠狼夜里来偷鸡,也是常有的事。我们经常在鹅的大叫声中慌忙起来,把黄鼠狼赶走。黄鼠狼是大仙,一般不会把它打死。在老家,狼我是没见过,但周边还是有很多狼的事件,七八岁我就吃过一块狼肉,三舅所在的县水泥厂,在山上还打死过一只狼——不过这好像是当地最后一条关于狼的新闻了。

以后就大发展了,"黑猫、白猫"出来了,狼就没有了,无处可藏,狐狸、黄鼠狼、老鹰、獾,这些跑的、飞的,渐渐地也就都没有了。老鹰窝,上一辈子人看到的巨树参天、雄鹰盘旋、野兽出没,阴森森的很少人敢去的地方;我们童年看到的盆粗碗粗的大树满山,冬风春雨,松涛阵阵,打柴搂草,摸鸟拾菇,记下我们苦与快乐的草山,如今,就什么都没有了,尽是黄土一片。开始还种些庄稼,后来砍伐者都外出打工,这里就荒芜了。野草枯黄,杂树丛生,几座坟茔静卧其中,尽显荒凉、孤野之态。

童年时的故乡,水是不可或缺的乐园。除了在野水里洗澡,小河沟里戽鱼,在泥潭里抓泥鳅,我们还在池塘水库里钓鱼、钓甲鱼。钓鱼自不必多说,钓甲鱼那还是有些学问的。我们自制钓具,找来细尼龙绳,一头紧拴在削好的硬竹签上,另一头紧系上一根二号缝衣针,针上穿上猪肝或是泥鳅,傍晚我们出去,选择性地插在池塘水库边,第二天一早我们去收钩,二三十把钩总能收到四五只、十几斤甲鱼来。

甲鱼特腥,食用时要用大量的油,由于家穷没油,我们多是吃不起,也就四毛钱甚至两毛钱一斤随便地贱卖掉,而重在享受下钩、捕捉过程中的乐趣。后来到北京上学,野生甲鱼已是几百块钱一斤了,我和同学说起这些,他们目光直视着我问:"一晚上能钓到十几斤甲鱼来?"他们始终不信,说我吹牛。其实,这用得着吹牛吗?

童年还有一个乐,就是堵鱼。春夏之季,雨水充沛,到处水流。池塘、河沟上,有一尺、一米高落差水流的地方,就有鱼循着水声游过来,我们叫着"鱼上水"。大雨中,我们冲出去,先用竹筐、笆篱把下水口堵实,再跑上去用泥土石块把上水口封住。上面没有进水,水沟里的水自然流干,我们抓活鱼。经常也有堵得不实,让鱼跑掉的。"乖乖,一条大的跑掉了。""跑掉的都是大鱼!"我们夸张着、调侃着。不过,也真有大鱼从矮矮的竹筐上跃过去、逃掉了。

堵一次鱼,总会收获一两斤。不知道为什么,那时候的鱼怎么那么多,有水就有鱼,有水就有虾。再过两小时,再去那么一堵,还有那么多鱼。落差大的,水沟宽一些的,会有更多的鱼。那水是无化肥、无农药、无污染的水,那鱼是干干净净的野生鱼。

那时候,村庄是热闹非凡、生机勃勃的。孩子是野的,是在树上、水里长大的。爬树不用学,只要树能承住重,都能上得去;游泳不用学,谁都会狗刨式。大人打孩子,那孩子的哭声是洪亮的,满庄满园都听得见。那一只狗叫,会引得全村狗吠,是很有阵势的。公鸡打鸣也是如此。天快亮了,一只公鸡叫起来,两只公鸡叫起来,三只公鸡叫起来,所有的公鸡都叫起来,此起彼伏,直至把天叫亮、把太阳叫起,把男人们叫到田里,把女人们叫到炊烟升起,把孩子们叫到学堂。

如今,年轻人都外出打工了,几个年老的和年小的留守在这里。庄稼种得少了,就没有了忙碌的景象;鸡鸭鹅狗不养了,也就没有鸡鸣狗叫;孩子们少了,也没有了追逐、嬉闹的哭声、叫声了。

每个人都想往外跑。可在外混过了,无论发达还是贫穷,最想回的还是故乡。到了春节、清明之际,就是返乡高潮。如今乡村路修好了,车进村了,人都在自己的屋里、车里几点一线。拜年,匆匆地,抵近午饭、晚饭时间了,车子一动,去吃顿拜年饭就又回来了,没有几分钟聊的时间。不似从前,正月里,满山遍野里都走着拜年客,人们边走边叙,温馨深情。

还有一些人,早就定居城里了,回去,只能吃着饭店、住着宾馆。我也是很多年没有回去过春节了,有一年回去还是住在金寨朋友家里,在那杀的猪、过的年。有时春节也还想回去看看,可回去还是要住宾馆,想想也就算了。今年清明回去扫墓,再回到老庄子看看,无人居住的房屋已有些残破,庭院里外的杏树、桃树、梨树、樱桃树都已不复存在,竹子、小树杂乱地生长,门前的池塘、池塘边的菜园也已被他人所用。故乡的新生代已多不认识,邻居出来了个青年已不知是谁家的孩子了,他也是"笑问客从何处来"。

"故园渺何处,归思方悠哉。"家,已不在那里了;故乡,已不是童年的故乡。本应是永远家园的故乡,在这个大变迁的岁月,已成为一个驿站,出生于斯、童年生活于斯的人生第一驿站!

好在,当下已进入"绿水青山就是金山银山"的新时代,恢复与重建美丽乡村已经开始,相信在不久的将来,会"还我大好河山"的。

唐先武

目录

第一部分　回眸故园

卖新鲜鱼喽

在北京和老乡开怀畅饮,吃安徽名菜臭鳜鱼,他说这在我们老家叫"鲫花",刺特别硬,容易扎到手。

可不是嘛,小时候我就有一次没抓好,它的鳍张开了扎破了我的手,当时就流了血,很痛,至今记忆犹新。

朋友说,小时候没有粮食吃,就靠抓鱼补粮。我比他悲催的是,他有菜籽油做鱼,而我没有!因此,虽然我一抓了很多鱼,可是没有油做,吃起来特腥,所以家里没法以鱼当食,常常还得饿肚子。而那些抓到的新鲜鱼呢,我们只能把大的送给富一点的亲戚家,他们有时会给一盆、几碗稻米;而小的也叫"小毛鱼子"就晒干,偶尔也能卖出去一点,只是特便宜。

想到中秋节时微信里曾发的一张老照片,20 世纪 40 年代的上海没有粮食吃,阳澄湖边的农民只能以大闸蟹为粮。一个人蹲在小凳边吃大闸蟹,而小凳上还有七八只大闸蟹!这照片肯定是真的。不要以为今天阳澄湖大闸蟹珍贵,就认为当时一个农民一次吃个一来只就是假的,以我小时候吃鱼的经历来看,那还不如一碗饭。

我见证了家乡环境迅速恶化的过程。20 世纪七八十年代的我的家乡,河流里有野生的鱼虾游荡,泥塘里有无数的泥鳅钻出,山野间有野鸡野兔奔跑,湖面上有成群的野鸭飞起。真正是只要有水的地方，就有鱼鳖虾蟹；只要有荒丘的地方，就有飞禽走兽。而我们正是顽皮的小男孩，在那自由的天地里，尽情地享受着大自然赐给我们的一切乐趣。我们爬上很高很大的老树，捉回来即将出窝的小鸟，自己精心饲养；我们爬上邻居家的果树，摘下来一堆酸枣甜梨或干脆就在树上吃个饱。

夏季到来，上游的大水库不再放水，河沟里的水也就不再流淌，我们用"慧眼"一看就会选择一个有鱼的地方，先拦上一个泥坝，并从几百米以上的地方将鱼赶过来，再拦上一个泥坝，然后将水一盆盆戽出去，而抓获一盆活鱼。这就是老家所说的戽鱼。

为什么叫戽鱼呢？我研究了一下，因为古时候有种取水灌田用的农具叫戽斗，是用竹篾、藤条等编成的，略似斗，两边有绳，使用时两人对站，拉绳汲水。也有中间装个把子供一个人用的。用戽斗舀水简称戽水，用戽斗舀水逮鱼也就简而称之"戽鱼"了。汉语言文化真是博大精深啊。

再说儿时的戽鱼，有时，我们也会眼望着即将水尽鱼出，却不料简单筑起来的泥坝，受不了坝外的水压之重，大水一冲而进，害得我们白忙活一场。而我们不会气馁，更不会放弃，会一切从头再来，重新筑坝，重新戽水。忙个不停，乐在其中。

我们最喜欢异常的气候，如遇上干旱之夏，或遇上多雨之季，而这些气候在那时似乎不多见。干旱之年，很多池塘水量减少或即将见底，这时，可是我们大显身手的好时机，我们能在面积不大的水坑里，摸出十斤八斤的活鱼来，那鲫鱼、黑鱼总是在泥里，脚踩手摸，总能又摸出一条来。

我们能在见底池塘的湿泥里，扒出十斤八斤的泥鳅来，那泥鳅似乎总扒不完，翻过的泥里又能扒出一条来。而在雨水充沛的年份，到处有水流，每个水坑都有我们的猎物。然后折根柳条一串，嘴里喊着反特故事片里的台词，"卖新鲜鱼喽——"拖着长音从村子里招摇过市而兴高采烈地回到家。我们就是吃着这些鱼虾长大的。

说到捉鱼，我想到了儿子三年级时以《我抓住了几条小野鱼》为题作的一篇作文，看看城市里的孩子们捉鱼——

几天前，我在小区池塘里捉到了几条小野鱼。不要以为它们有多大啊，它们小得不能再小了，只有半根绣花针那么长。找个小鱼缸，我把它们养起来。几天工夫，我就把小野鱼喂得肥肥胖胖的。

说实话，捉上来还真不容易呢。爸爸不让买捞鱼网，我只能借别的小朋友的用。用心捞肯定会有收获的，我还真捞上来四条。

我边养边观赏。

小鱼非常漂亮，它有一双晶莹剔透的小眼睛，鳞片排列得非常整齐。小鱼的尾巴细长细长的，还长着色彩缤纷的条纹，十分惹人喜爱。

小鱼吃食的时候，非常可爱。它总是先用它的"泡泡嘴"突然地咬食物一下，然后嚼嚼，再吞到肚子里。记得有一次，我把食物放进鱼缸时，当即听到扑通一声水响，我定睛一看，原来是鱼们在抢食物呢！我看到一条大鱼和一条小鱼在撕扯一个面包屑，两鱼各不相让，最终食物被撕成了两半。我感觉小鱼争夺食物这个环节非常有趣。

小鱼睡觉的时候，也是特别有意思。记得有一个晚上，我很晚才睡，看到小鱼们都不动弹了，我以为它们死了，心痛不已！我下意识地动了动小鱼缸，小鱼们却从睡梦中醒来，又活蹦乱跳的了。我高兴极了。之后，我上网查了一下资料，才知道，原来小鱼睡觉的时候，就是一动不动的。这个以前我一点也不知道。

我十分喜欢我自己捞上来的这些小野鱼。因为在暑假里，它们可以陪伴我，度过孤独的时刻、不开心的时刻，也可以分享我的快乐。我真希望这些小鱼能够快快长大。

　　带着点私心说，这真是一篇好的儿童小品文。有具体刻画描写，有翔实叙事讲述，更有稚嫩童心爱心。只是在野池塘里捉鱼，现在是很难了。别说都市里的人们做不到了，就是仍然生活在皖西家园的人们，也很难了。童年司空见惯的事，甚至是乡野孩子乐趣之一的事，现在都很难做到了。有个朋友熊总在霍邱县城东湖有个农场，农场周边以水相围。上次回去熊总说春节期间将放水捕鱼，同行的朋友邓总说到时一定下水摸鱼，找找童年的感觉。后来听说他也没能实现。真是有些遗憾啊！

　　很多人都怀念那温馨的时光："夏日的一天，突然听到窗外有蝉儿正在鸣叫。我没有留意过这个城市竟还有蝉的存在。听着蝉鸣，那些儿时的欢乐从记忆深处跑了出来。那时住在乡下，春天有蛙唱，夏天有蝉叫，秋天有蟋蟀鸣，还有家乡的青山绿水……现在想起，那真是童话般的生活。"思念家乡，怀念那美好的生态环境，每个人都是如此啊。

皖西结婚的那些事儿

　　小时候的安徽农村老家,平常日子平静安详,遇到婚姻嫁娶、死悼祭祀,这红白喜丧可是大事了。在这里,我且追忆些办喜事、闹洞房的情景吧。

　　在皖西一带,结婚曾经是一件很热闹的事。那里的结婚场景,我大体见过一些。小时候直接参与的好像与三次,两次是亲戚的,一次是邻居的。锣鼓、唢呐倒不多见,噼里啪啦的鞭炮咔,那可是不会少的。

　　皖西的结婚旺季,是在冬季。冬天里,农活较少,且收获已毕,该迎娶新人了。皖西的嫁娶,也是有很多礼俗的。女方家都是在中午进行仪式,男方家都是在晚上进行。不像现在的北方,晚上进行的那是二婚,头婚必须得在中午 12 点前进行。皖西的婚礼是,女方的亲朋好友、乡里乡亲前一天晚上或当天上午到女方家送礼,叫"填箱"——可能是给新娘子箱子填满吧,以支持她好好开始新的生活。

　　而男方也要送彩礼过来,糖果多少包,猪肉多少斤,烟酒多少盒,布料多少块,关键是钱有多少元,等等,由媒婆,也叫"老红人"负责押送。女方一一清点,经常是嫌男方给得太少了而批评抱怨媒人。这个时候,"老红人""大媒人"就成了"大霉人"了——倒霉的人了。

　　媒人会一方面胡乱承诺以后让男方补上;一方面全力劝说、和稀泥,批评对方又给对方讲好话，凭借着三寸不烂之舌，忽悠、糊弄着把新娘子送到男方家去。大多数女方也就是说说算了，也有真较真的，折腾出更多的曲折来，而成为乡村里一时的调侃谈资。

记得有个亲戚结婚时就被折腾得不轻。原因就是女方要财礼，也叫彩礼。我那时很小，跟着大人去喝喜酒，可是等到天都黑了新娘子也没来，说是钱不送到就不来结婚了。而男方这边就是不送，双方较着劲。

我们不时蹿出屋去，跑到路口，想看到新娘队伍。可一次次希望，一次次失望。发白的土路上，除了冬日的硬风卷起的尘土，什么都没有。农村的冬天，天黑得很早，太阳一头扎进山后面就再也没有出来。主人、客人都无精打采的。灯光暗淡。我们没喝成喜酒，只能草草吃了点东西，打地铺就在那睡下了。

晚上九点多钟，忽然有人说新娘子送来了。后来的事我就记不起来了，是接着睡了呢，还是起来看热闹了？只是当时肯定很遗憾，没有喝成喜酒——那酒席不管怎么说，也是八大碗啊！再后来，这桩事就被层层添油加醋，传播得很远。

婚俗的很多细节我都记不太清楚了。只记得大体是午饭过后不久，会传出"上妆了"的说法，即新娘子开始梳妆打扮了，这时要放一挂鞭炮，迎亲的队伍可以很快带着新娘子返回了。而新娘子呢，哭哭啼啼，好像舍不得娘家似的。这时候就有人说了，哭什么哭？这是个大喜事，不要哭了。其实，大多数的新娘子都是偷偷地乐呢。

而男方家呢，当然是欢天喜地过大年似的。大户人家会宾朋满座、人山人海的。婚礼上还有一个主事人，叫咨客或支客的。南方人平翘不分，不知道是婚礼一应事务都问他的咨询客，还是协调安排一切的支使客，都有道理，其实就是一个程序总管，如何进行都是听他的。他还会领着新郎新娘给来宾们敬酒，高喝一声"薄酒寡菜，多喝一杯"——肯定有多喝一杯的。其实，又何止多喝一杯呢？每次喝喜酒时都有喝醉的酒鬼！

接下来就是闹洞房。

"小小蜡烛亮堂堂,我照新娘好排场。今年是个大姑娘,明年就是小孩娘。"这是以前皖西一带结婚闹洞房时常讲的喜句子。这样的喜句子有很多,有传统模式的,也有即景抒情现编现讲的,大多是白头偕老、早生贵子等等祝福、祝贺之类的排句。

闹洞房大都是吃了晚上的喜酒后才开始进行。这往往是一个婚庆的高峰。大家都扎进新娘的房里即洞房云,叫"看新娘子",说是一年"不害眼"——不得眼病。而后,便有讲喜句子闹洞房。谁讲谁就端着一支点燃的蜡烛,声音洪亮地高喊道,而其他在洞房里的人也都得大声地附和着说"好"。如"小小蜡烛亮堂堂!""好!""我照新娘好排场!""好!"这些是霍邱一带的情形。而同在皖西的金寨县,又略有不同,他们和的是"喜耶——""喜啊——"。

皖西结婚嬉闹有"三天不分大和小"之说,说的是为了喜庆而不分尊卑长幼,男女老少都可参加进入洞房嬉闹。也有讲一点荤的即黄色的段子,惹得大家放肆地大笑,而新娘子在烛光的辉映下,脸就更加红了。讲喜句者是能得到奖品的,如一把红枣、一把花生、一支香烟或一个苹果。这枣啊花生啊,就是谐音"早生",喻即"早生贵子"之意。讲与不讲喜句子的,大家都是围观个热闹。因此,洞房里总是拥挤不堪。有时会闹得很晚。喊声、笑声、嬉闹声直刺向山乡夜空。我那时还是一个小屁孩,参加闹洞房也只是一个看客罢了。

其实,皖西婚礼也是一种乡间文化。如今,已多年没有回去喝喜酒了,不知道那里的结婚风俗还有没有传承。

精灵般的家乡细竹

春天一到，吃到家乡寄来的细竹春笋，就想到了家乡的竹园，我亲自栽种的竹园呢。竹子生命力很强，拓展繁衍的力量也很大。曾见过一张图片，三个竹笋破土而出，生生顶起了上面的一块大石。我曾栽过几丛竹子，它们的根在地下延伸，长出竹笋，渐渐形成一片竹林。这几年老屋没再住人，再看庭外院内，都长满了竹子。

此前一直想写一篇竹、雪的文章。为什么呢？因为我出生在江淮，生活在北京，对竹、雪这两个精灵般的存在，特别有感情。而这两个精灵，南北又各有不同。我曾和一个文学青年说，我们各自以此为题写一篇文章吧，没有得到共鸣，我也就懒散没写。

后来有一次，我去深圳林园游玩，那是一个雨后，林荫道旁有一些竹子将身子斜伸过来，有人将竹子用手一推，立即落下许多水来。这让我想起小时候，我们经常这样恶作剧，雨后，一行人在竹林旁的小路上平静地走着，走在前面的人突然用力拉一根竹子，自己身子再往前一蹿，后面的人刚好走到竹下，竹叶上的水珠恰从天降，淋湿了后者不说，旁人还在哈哈大笑，让人恼也不是，不恼也不是。小时候常常这样，我这样捉弄过别人，也被别人这样捉弄过。从深圳回京后再次想到写这篇文章，但我还是没有写。

这次坐飞机从四川绵阳回京，带着电脑没带书看，闲着无事，想着自己欠自己的债，还上吧，于是写下这篇文章。

我的老家在大别山脚下，那里的竹子是相当多的，房前屋后都是，用来护卫庭院。这些都是细竹，再往山里进才有大竹子，那就是毛竹了。上中学时曾读过袁鹰写的一篇《井冈翠竹》文章，感觉写得非常好，那写的就是大毛竹。

我要写的是南方的小细竹。在我们老家，家家户户都有一片竹园，没有竹园就不像一户人家。古语称，住无竹则俗。当然，各家竹园大小不一。这竹园除了护卫庭院不说，更是为了用起来方便。砍下竹来除去枝叶，那便是一根竹竿，可赶赶鸡鸭、晾晾衣服。老家人还把竹子破成条条薄片——那就叫篾子了，用来编筐织篓，供日常生活使用。竹子还可以定期砍伐，卖出去是一笔很好的经济收入，这对我们贫穷的家庭来说，那是相当重要的。

还有，用竹篾编出黄鳝笼，里面放上用细长的竹签穿上烧烤过的蚯蚓，晚上浅浅地埋在水田池塘围沟水下的泥土里。香喷喷的诱饵一夜间吸引着黄鳝、泥鳅钻进来，而竹篾的弹性形成倒刺口，让它们有进无出，第二天一早去收笼，总有个三斤五斤的收获。这是春夏之时我们童年一早一晚必做的事。

在文人墨客笔下，竹子是富有感情的。唐代诗人高骈曾写有《湘浦曲》，诗云："虞帝南巡竟不还，二妃幽怨水云间。当时垂泪知多少？直到如今竹且斑。"毛泽东以此为典曾答友人写下"斑竹一枝千滴泪，红霞万朵百重衣"的诗句。嫩竹还是美味食材。古语还说，"食无肉则瘦，若要不俗也不瘦，竹笋炖猪肉"。可见其美食美味更有益健康。

再说将竹子破成篾片编织成竹篮竹筐，那是一门高超的手艺。老家的男人们大多掌握，只是艺术水准高低不同罢了。我爷爷、大舅，还有邻居家的孙明，都是高手。

单说这竹子破成篾片，技艺高超者能将篾片破得很薄很薄。而编织时，编织者蹲在中间，长长的、雪白的篾片在四周飞舞，似长衣水袖不停挥舞，真像大片里的创意场景，而粗糙的大手最终编织出精细的竹篾工艺品来，强烈的反差更是让人看呆了，佩服得不行！

小时候，我家门前就有一片竹园。那里也曾经是我的乐园。有时候，在竹园捡到个鸡蛋、鸭蛋，我特别兴奋。还有时候，在那里偶尔还能发现点瓜果桃李，搞得第二天第三天还去里面转悠，还想"偶然"再发现点什么。当然，在那里还可扔少许生活垃圾，让它们自生自灭，也是对竹园的一种施肥吧。竹园还是鸡鸭牲口爱去的地方，经常找不到它们的时候，往往它们正在那里憩息呢。

老家人夸什么什么好，经常爱说一句方言——俏拔，我认为是"美而高"的意思。我常认为这是从春天的竹园里得来的。雨后春笋拔节而起，静静地你能听到声音，鲜嫩嫩、脆生生，那一枝独秀、脱颖而出的，就是美而且高，那就是俏拔！

记得我曾在一篇《雪景》的命题短文中也写过竹子，教《写作》的余伯承老师对那篇短文大为赞赏，他在课堂上读这篇范文时评价说，如果这样写下去就可当作家。文章早已丢失，记忆也不齐全，大体有这样一句："大雪压弯后的青青翠竹，像一张张欲射天空的弓。"

当然，北京也偶见竹子，但极为稀少。最为集中的可能要数紫竹院公园了。我去看过很多次，那翠绿与南方细竹是无可比肩的。另在红螺寺进门后也有些竹子，那简直就是苍黄了。竹还是有区域性的，主要在南方。有个朋友曾说有些独门绝技，雄心勃勃地要南竹北移，几年过去了，也没见多少园林路边有竹子出现，我没再关注他的工程，可能是夭折了。

可见，竹，还应是南方所独有的精灵。

五月槐花又飘香

　　五月，山西省永和县进京推介槐花节。永和县拥有黄土高原面积最大的野生槐花18万亩，槐花品质好、分布广、花期长、药用价值高、市场前景好。永和还大力发展"槐花经济"，开发出槐花饺子、槐花丸子、槐花饼、槐花糕等多款美食及槐花茶系列产品。他们的影像、图片，都展现了非常美好的槐花海洋。

　　我曾在辽宁丹东采访之余，闲逛了一段古长城，那是虎山长城，中国万里长城的东端起点，离市内较近，能欣赏鸭绿江两岸风光。在那里，多棵大槐树不规则地立于长城两侧，如云的槐花连片开得正盛，给我印象非常深刻。

　　可我记忆最深刻的，还是老家院后的槐花。可能是自己动手栽树、长时间将生活浸染在槐花丛中的缘故吧。

　　城里的孩子，可能爱银杏，可能爱梧桐；而皖西的孩子就有些爱刺槐，那实用。

　　小时候，老屋的后边，就有一排刺槐树，既是对庄园的保护，也是私密的屏障。别看树干刺刺裂裂，可叶子青翠欲滴，花儿白得洁净。

　　后来，老屋改造，新建了楼房。家人说刺槐护院，我便在后院堆土建埂，有些杂乱地栽下了一棵棵刺槐。

　　刺槐是槐的一种，生命力很强。哪怕是一棵小树，哪怕是只有一点根须，只要堆土埋下种上，浇水呵护，春天来了，它便会生机勃发，绿叶一树，白花串串。它的生命力之强，还表现在它的繁衍拓展，间隔栽下几棵稍大的树，几年间它们便根芽生长，连成一片，成为樊篱，那是天然的护院屏障。

再说我栽下的刺槐，没几年便成气候。这些刺槐自生自长，逐渐长大并顺根再生，大树支撑，往上长高长大；小树填空，见缝插针成墙。别说人难穿越，就是鸡鸭猪狗，都不能轻易穿过，因为一是树道较密，二是树身有刺。

屏障是一个方面，让我记忆最深的还是它的槐花。后来，我一直在外上学而回去不多。可每年春夏之际，我从学校返家，在很远的地方，就能闻到庄前屋后随风飘送过来的槐花清香，那香真是沁人心脾；而远远地望见那白花成堆成云，像是槐树上下了一场雪，真是一片雪白的海洋。再往近走，只见一串串洁白的槐花间，成群可爱的小蜜蜂拥挤其中，或紧叮花房或飞舞穿梭，看着那一片忙碌的样子，听着那嗡嗡的声音，你就知道它们在辛勤地采花、酿蜜，你就能感觉到什么是生机勃发，什么叫春意盎然。记得在中学时，我曾写过一篇槐花飘香的作文，被老师当作范文在班里朗读，我很是得意了一阵子。

和山西永和不同，在我们老家，槐花多是不采的，偶有采下两串装饰屋子，或尝尝花根的香甜，而大多任其花开花落。但槐叶，我们却是要采的，还且还要大采。只要有时间，大人们总让我们采槐叶去，一枝一枝地把槐叶捋下，装满一筐筐、一篮篮、一袋袋，再运到稻场晾晒。一天是晒不干的，早上摊开，晚上收起，要晒上好几天，直到晒干晒焦。晾晒过程中最怕风雨，风一来吹跑一半，雨一来淋湿烂场，抢收不及都前功尽弃，是要挨打挨骂的。提心吊胆在稻场边玩打仗，边玩边看云识天气。晒干以后，还要用手一把把揉搓，揉烂搓碎成粉末状，用作补料、添料喂养黑毛猪。童年很多时光都是在槐树叶下度过的。知道那时黑毛猪肉为什么那么香、那么好吃了吧，这样上等的自然添加料功不可没。那时皖西很多家庭都是如此，现在再也没有人如此下功夫精心养猪了。

再说刺槐那树干，别看裂裂巴巴的，却是上好的烧火木材，用来做饭、做菜、煮猪食,都很耐火经烧,在灶膛里吐着蓝莹莹的火苗,用铁锅煮出来的米饭、炖出来的黑毛猪肉,香飘十里!而如今再也找不到了那种感觉。

那庭院的刺槐林,那串串洁净的白花,及其四溢的清香,还有忙碌蜜蜂的身影,都深深地刻在我的记忆中,已是故乡一个温馨的画面,一个美好恬静的田园象征。

可今年清明回去扫墓,再回到老庄看时,屋后槐树渐已凋败,有的被伐,有的枯死,不知道还能开出多少雪白的花来,何时才能飘出槐花香来。

没有槐花的故乡,还是故乡吗?

凄凄惨惨"苦哇"叫

看台湾文化人龙应台作品《目送》一书，其间写有她寄住香港海岛旁边，有一只鸟，一直在啼。

> 在这万仞天谷中，有一只鸟，孤单一只鸟，啼声出奇地洪亮，充满了整个天谷，一声比一声紧迫，一声比一声凄厉。我放下书，仔细听，听得毛骨悚然，听得满腔难受，怎么听，都像是一个慌张的孩子在奔走相告：苦啊！苦啊！苦啊！苦啊！

读到这里，让我想起了小时候听到的老家那苦哇鸟的叫声，和童年时听过的一个故事。

南方夏天的夜晚，总是要纳凉的，我们叫作"乘凉"，家里邻居摇着扇子，集聚在一个凉爽的地方。那纳凉场还是很热闹的。大舅读过私塾，会讲一些三国、隋唐、杨家将、水浒、聊斋，还有一些民间传说，我们一般是围着他坐，听他"叶古"——这是当地方言，就是谈古、说古——我只能作个谐音，具体哪两个字还真没法考证。开始是围着个大圈子，有些松散，而当讲一些鬼怪狐仙故事时，我们都怕鬼，便不自觉地往里面挪动小凳子，以致越围越紧。大舅有时还会突然说："来了！看，在你后面。"我们便会被吓一跳，但还是嘴硬地说："我又不怕。"有时候他会说："看你们围得太紧了，热死了。"我们就又往外挪动点小凳子。

大舅很有意思，可能真是被饿怕了，他总是很务实地种田。改革开放后，电视里经常播放一些文娱节目，每每看到跳舞唱歌，他总会说，三天不给你吃喝，保证你就不唱不跳了，或者说让你下田干三天活，你也就不唱不跳了。

再说大舅讲故事。他说，从前啊有一个大户人家，老爷给儿子招了个童养媳。

所谓童养媳，就是还在女娃时就定好亲，并到婆家和小丈夫一块儿生活，直到16岁或18岁时才拜堂成亲，结为夫妻。

偏偏这家婆婆十分凶恶，容不下小媳妇，肆意折磨，什么重活粗活都让小媳妇做，稍不如意还轻则罚跪重则鞭打，打得小媳妇遍体鳞伤、伤痕累累。小媳妇干的是牛马活，吃的却是猪狗食。婆婆吃的不是白米饭，就是过了几道箩（筛子）的小麦细面条；而小媳妇吃的不是焦了煳了的锅底汤，就是没有过过筛的大麦粉。这大麦粉杂有麦麸，黏性又差，擀不成长面条，只能擀成钉条般长、蚂蟥样粗的，黑黑的短面条。

即使这样，小媳妇也不敢有怨言。婆婆觉得自己管得似乎还不到位，就又想着法子去折磨她。有一段时间，儿子外出经商，婆婆便用锥子在媳妇大腿上扎洞，还在扎过的洞里放几粒小麦，说要在大腿上种小麦。

就这样，在一天夜里，小媳妇被婆婆活活地折磨死了。婆婆也不敢把尸体扔出去，就找了个大缸，把尸体扣在里面藏了起来。

后来，儿子回来了，向他娘要媳妇，他娘被逼急了，说："我把她扣在缸里了。"儿子忙去找缸，掀开一看，只见从里面飞出了一只灰鸟，口里叫着"苦哇，苦哇，苦哇——"，就飞走了。

自古是，善恶到头终有报。就在这时，晴空一道炸雷劈向婆婆，婆婆立即变成了一条钉条般的蚂蟥。随即，一只苦哇鸟箭一般地飞了过来，一口就把它啄吃下。直至今天，蚂蟥仍是苦哇鸟的口中餐。传说，苦哇鸟叫过百声之后，口中便要滴血，水中的蚂蟥嗜血成性，见血便朝苦哇鸟面前游，而后被苦哇鸟爽快地吞食。

后来知道，这个故事很多地方都说，也有很多版本，而我们当地把主角放在童养媳身上，可能是政府为配合宣讲新婚姻观，讲童养媳苦啊，而要反对童养媳的恶俗。

网查知道，苦哇鸟，有的地方也叫姑恶鸟，其实叫苦恶鸟，因为叫的声音像"苦哇"，所以人们叫它苦哇鸟。那个时候，我们那里有很多苦哇鸟。比斑鸠大一点，脚长尾短，头尖嘴长，栖息在池塘边、稻田里和芦苇丛中，我们经常能见到它。夏日的夜里，更能听到成群的苦哇鸟此起彼伏的叫声，"苦哇——""苦哇——"，声声撕心裂肺。

而因为这特殊的叫声，甚至还有一些文学作品写过这苦哇鸟。南宋诗人陆游就写有《夜闻姑恶》一诗："湖桥东西斜月明，高城漏鼓传三更。钓船夜过掠沙际，蒲苇萧萧姑恶声。湖桥南北烟雨昏，两岸人家早闭门。不知姑恶何所恨，时时一声能断魂……"

只是如今，用化肥、农药种稻，有塘皆干，有水皆脏，苦哇鸟已没有了生存环境。我再回老家时，根本寻不着它的影子，也很少能听到它的叫声了。

相邻而居

　　山麓里人烟稀少,大多都择坡而居,离秀林家最近的邻居,也约莫有两里路远吧。

　　山山岭岭的褶皱里,层层叠叠的梯田间,疏疏落落地点缀着些人家。这些人家大多是单门独户,一栋老屋,相依为邻的唯有四周静谧的田园果林、丘陵山野。也有的三五户连成一个庄子,依着山势,在绿树掩映中露出一片黑色的屋角。以前,村里没有电话、手机,想喊一个人便走到一个山坳上,扯着喉咙喊几个"哎——"或"喔——",于是有人急急地从屋里走出来,把手拢到嘴边,扯着嗓子,拖着长长的声音,回问一句:"你喊啥子?"对门坡上的那个人便说:"想叫你明天帮个忙割稻子,你有空吗?"屋门口的人想了想,回道:"有空,明天我一早去。"声音穿过山谷,有种旷远的味道。

　　山村里人手少,遇到插秧割稻,每家便请来十几个帮手,只要管三顿饭,一天就把几亩水田全栽完或收割了。这家栽完、收完了,再帮那家的忙。有的人家人手少些,不能一一还情,大家也不太计较。村里的女儿大多嫁在村里,几代人下来,每户都能沾上一点亲戚。村里的家族观念又重,即使共一个上四代的太公,也算是亲人,到了清明,成群结队的子孙带了纸钱、爆竹去坟上祭扫,非常热闹。

村里人是永远不会寂寞的。方圆几十里的人，相邻而居，大都熟识。即使是孩子，生长得太快，没几年就蹿了很高，老一辈的人有时认不出来，但只要提提父亲的名字，老人便会呵呵地说："噢，他儿子都这么大了，看来我们是老喽。"村里的人家虽然稀稀落落，但是聚到一起，总会有些共享的谈资。

从城里回来几天了。日暮黄昏，秀林想出去转转，便沿着门前的小路朝坡下走去。

转过两个土坳，有些累了，在一块田边坐下来，湿润的泥土微微透着黄昏的余温，周边还是儿时的环境。墨绿的青草覆满了田塍，轻轻扯一片草叶，便会揪下一根柔韧的草藤来，一尺多长，一节一节的地方长了嫩白色的根须，紧紧地抓着地。田塍上墨绿的草叶短而粗壮，星星点点地夹杂着一些紫色的火炭花。田塍边近水的一侧，嫩绿色的青草纤细修长，柔软而浓密，像孩子的头发。秀林坐在田塍上，闻着青草和泥土的气息，几点蛙声渐渐连成一片，水田偶尔飘来一阵温暖的腥味。每块田都养着一二十条鱼，稻子快熟的时候把田里的水放干，便可以轻而易举地捉到三四条手指宽的田鱼，用辣子炒了是下酒的好菜。

"秀林，你回来啦，什么时候回来的？"村子里的老会计在下面的一条田塍上和她打招呼。

"回来几天了。您还没忙完啊？"

"快了，再把这块田打打药就行了。你先去我们庄子坐坐吧。"

秀林想想去看看也行，那庄子是小时候常去的。

庄子里有七八户人家。黑色的屋瓦错落地连成一片。院门口，一大群狗聚集在一起，你咬我一口，我追你一下，悠闲地打闹着。一地狗毛。

庄头第一家就是全仁家。见来了生人，十几只狗一下子在廊檐下排成一长队，强大的阵势不由得让人惊骇。全仁的媳妇笑着说："别怕，离了家门的狗不咬人，庄子上的两条狗这几天发春了，把一大村子的狗都招了来。"

这群山村的狗或许还不知道自己的福分。它们的脖子上从来不拴铁链子，在家吃过饭后，拥有无限的自由到处游逛，有了自由恋爱，有了集体伙伴。在路上，它们像人一样单独行走，看看恋狗，走走亲戚，路上遇见人就站定，也不叫，抬头看看人，等人走了再走。秀林家的大黑狗每天吃完早饭就来到庄里，和全仁家的狗谈完恋爱，嬉闹一回，天长时就在廊檐下睡个午觉，然后再回家。全仁家的狗偶尔对它恋恋不舍，就送它回去，宛然一对恩爱的小情侣。可惜大黑狗不太专情，过了一个月就移情别恋了。狗们在晚上都是忠于职守的，在自家的屋檐下守夜，天大的事也要等天亮后再解决，无论是决斗还是聚众斗殴。

　　打谷场上，一群小孩在玩游戏。大山婆走了出来，招呼着："来坐吧。"她头发已经花白了，老头在上半年刚去世。秀林在靠墙壁的草扎板凳上坐了下来，墙壁上留着夕照残照的余温，和着涂在上面的黄泥，发出一股很好闻的原始土的气味，好像是绿蚱蜢藏在硬莛膀下的薄翼。

　　"那个草凳不好，坐这把椅子吧。"大山婆搬来一把椅子。

　　"这个挺好的。"秀林靠着墙壁，望着门口的菜园和远处的青山。

　　天已快黑了。大山婆还陪秀林说着闲话。

　　"您还不做晚饭吗?"秀林问道。

　　"这一大天长的，急什么? 天还没有黑透哩。我也七八十岁了，一个人吃不了多少饭，有的时候炒一碗菜可以吃一天。"

　　"您不和儿子住了?"

　　"他们都成家了，都听老婆的话，我现在还能做菜园，不和他们一起过，免得受气。"说到这，她挨着秀林坐到草扎板凳上来，叹了口气，降低声音，絮叨起来，"这世道越来越不好了。大儿子出去打工了，一天晚上我去找大儿媳妇，看见岩疤子从屋里出来，我心里吓了一跳。你知道岩疤子这个人，打了几年光棍了，看见个女人就挪不动脚的，那么晚去一个妇道人家的房里做什么? 我说了大儿媳妇几句，她就好几个月不搭理我了。"

容不进秀林插进话去，大山婆幽怨地说道："老二的老婆去打工了，就剩个七八岁的丫头在家。老二的胆子可真大，把野婆娘带回家来住了三天，还杀了两只鸡吃。临走的时候，那婆娘送了他丫头一百块钱。丫头都是向着妈的，她妈一回家她就原原本本都说了出来。他老婆就闹死闹活的，两口子轮着砸东西，你摔个盘子我砸个碗，现在家里就剩下两个吃饭的碗了。她娘家来了十几个人，把老二揍一顿。我也不去劝解，随他们去。"

大山婆自顾自地继续说："这个老二也太不像话，对门坡的金玉来和我说，老二半夜去敲她的窗，被她用鞋底打了脸。金玉说要是他再敢去，要用菜刀砍他哩。要是老二媳妇在家，老二会看上金玉吗？她干瘦干瘦的像根丝瓜，一双眼睛鼓鼓的，像条鱼。这几个儿子就老三好些，但命又不好，总是挣不到钱。刚栽完秧，杭州那边有人打电话让他去做工。他过去了，又没有什么事可做。这不，过些天割稻子了又要回来。除去路费，哪剩什么钱？"

大山婆竟和秀林说了这些自己家里的事。也许，她只是对着风说。也许，乡里乡邻就是亲人，好的坏的什么都可以说。大山婆的语气很平和，一切都已经作为生活的一部分，接受下来了。

月亮爬上打谷场的树梢头了，雾气轻柔地罩下来，把大山都包裹起来了。秀林听见奶奶扯着低沉的嗓子叫她吃饭了。走到打谷场上，隔了十几根田塍望过去，一束手电的白光在深紫的田野间晃来晃去。

"你孙女就在我这吃饭了。"大山婆的三媳妇禾英回答道。

"知道啦。"秀林朝亮光大声喊道。很久没有在这么旷远而静谧的地方大声喊话了，秀林的声音显得绵长而缥缈。天空微蓝，满天的星星。一只狗突然吠了起来。起哄吧，村寨子的狗接着都吠起来。

"你讲什么？狗叫着，听不见。"

"秀林就在我这吃饭了。"禾英透亮的声音穿过柔软的空气，漫过墨绿色的黑暗,停在了亮光处。微明中,奶奶淡黑色的身影拄着拐杖转过身去,亮光渐渐移远。

"你很少回来的,一定要吃了饭再走。"禾英拉住秀林的手说,"吃完饭我送你回家,只是没有什么好吃的。"邻居们总是这样,有人从外面回来了,总要叫到家里吃顿饭,亲近。

禾英淘米煮饭,秀林帮忙烧火。

禾英扒开灶门口的草木灰,露出一大块塑料包装的白玉豆腐。"还是前天赶集买的,怕馊,就放到灰里了,你别嫌弃,我把外面的灰都洗干净,不脏的。"

做完豆腐汤,禾英又从床底下的一个小桶里拿出几个鸡蛋来。灶台上还有一小碗熬过油的肉。"这浸在油里面的肉放几天都没事。"她笑着说。秀林知道这些好菜她们自己都舍不得吃,就存放起来留着待客。

菜摆上了桌子,大山婆也坐下了。禾英拿出一瓶啤酒,用牙齿把瓶盖咬开,有些腼腆地说:"我不会做菜,你别见怪。"她给秀林和大山婆倒上啤酒。在村里,招待客人是少不得酒的。秀林勉强喝了两口,看着小半碗青椒炒肉,夹了最肥的一块,算是接受了主人的好意。

"多吃点,熬过油的不腻。"禾英不停地给秀林夹着菜,自己则不怎么动筷子。

"你们也吃啊。"秀林给大山婆夹了一大筷子炒鸡蛋。大山婆又给夹到秀林碗里来:"你吃,我不喜欢吃蛋的。"秀林不擅于推辞,只好笑笑。村里的老人都是这样,为了把好菜让给客人吃,就说自己不喜欢吃。

灶膛里是烘焙好的一小捆杉木皮,取出来,热烘烘的。"今夜大月光,手电坏了,怕草蓬蓬里有蛇,打个火把照路吧。"禾英用稻草捆着杉木皮,笑着说。

下露水了。凉爽的夜风和着稻子灌浆的香味,沁人肺腑。蜿蜒的小路在月光下泛着银白色的光。禾英举着火把照着,杉木皮发出噼噼啪啪的声音,在星空下显得特别邈远。到了屋前的田塍上,大黑狗摇着尾巴出来接秀林,奶奶拿着电筒拄着拐杖出来了。

"这丫头，怎么去禾英婶婶家吃饭了？净给人添麻烦。"奶奶客气地责备道。

"麻烦什么？只是没什么好吃的。回来了一定要到家里吃吃饭。"禾英笑着说，又对秀林说，"你到家了，我回去了。"

"你看着些路，小心有蛇，晚上凉快了，蛇就喜欢出来歇凉。"奶奶叮嘱道，"你叫大山婆明天来我家玩，我这里有好糖吃。"

"好的，好的。"

"大黑，你去送送。"奶奶用拐杖敲了敲狗的屁股。大黑狗扭了扭身子，会了意，乖乖地跟在火把后面，融入了微蓝的夜色中……

没有了火把，夜又合上了天幕，把山里的村庄合成了一个家。

木匠与女人

一

老沙奶奶找到木匠的时候,木匠正在给村主任家做嫁妆。上午的活计已经收工,他坐在廊檐下歇凉抽烟。村主任的老婆正在炒菜。听说有个城里来的女人在家等着,木匠赶紧收拾起刨子行头,整理好挑子,立马要走。

"累了一上午,吃了饭再回云吧,饭也快给你做好了。"村主任老婆在灶上忙活着,大声挽留。黑毛猪肉在锅里吱吱地爆着油,飘出满屋满院的香来。

"吃饭重要还是女人重要?香妹,你可别耽搁他的好事。那女的穿衣打扮都像是城里人,脸盘子大大的,白白的,牙齿也白白的。我还怕人家看不上木匠呢。"

"老沙奶奶,她是哪个村的?哪有找男人找到这山窝里来的?怕是个浪荡货吧?"村主任老婆有些泼冷水道。

"哎呀,你说这话真难听。她是哪里人我不知道,但从身坯长相来讲,我们村都找不出一个与她匹配的。人也斯斯文文的,一看就是城里人。要是她真愿意留下来,那可是木匠几辈子修来的福分。上午我正在家喂猪,她来我家了,想讨口水喝。她和我打听村里有没有一个姓张的当过兵。我告诉她我们村大多都姓张，但没有谁当过兵。她说她以前的相好是这个村的，那个男人当兵去了，几年都没有音信了，她想来找他。我问她那个男人叫什么名字，她说叫张林。村里哪有叫张林的？恐怕是那个男人当初骗她，告诉她一个假名。"

老沙奶奶喘了口气，又说道："我看她穿着高跟鞋，走了很多路，脚背都有些肿了，怪可怜的。我又问她相好长什么样子，她说高高的，脸有些黑，脸上还有几个麻子什么的。我们家老头说，这不是张麻子吗？但张麻子有老婆了，我带着去找他，他两口子还不得打起来？而且张麻子也没有当过兵啊。我就给她说找个单身汉怎么样？有个木匠，单身十几年，人很好，又能扒拉钱。她就跟我走了，现在正在木匠家坐着呢。"

"这女人有点怪，怕是神经有点问题吧？哪有找男人找上门来的？"木匠有些怀疑起来，把挑上肩的担子又放下了。

"你还信不过你沙奶奶？我给你打包票，你打着灯笼难找。"

"那就快走吧。"木匠挑着担子，走得飞快。

老沙奶奶的脚有点不灵便，赶不上木匠，着急得嘟哝起来："你慢点。十几年没老婆都熬过来了，着急这一会子工夫啊。"她把手掌弯着，盖在嘴上嘻嘻地笑，"看你这猴急的样子，我就不信你老婆死了这十几年，你没和别的女人开过荤。"

"沙奶奶，这事靠谱吗？要是她相好真在我们村，以后我家的瓦还不被别人揭了？人家来寻她老相好呢，我可不能占这个便宜缺阴德。"

"我和她说了你，她自己同意来看看。我想你一个单身木匠，走家串户的，难免有几个相好，说不定是你相好的女人呢。"老沙奶奶又把手盖在嘴上嘻嘻地笑起来，笑声从缺了的两颗门牙里跑出来，两个小眼睛在高而黑的颧骨上显得更干枯了。

木匠的纱褂子全泡在汗里了，山村田里的稻子正在抽穗，风一吹，热浪一阵阵地涌过来。老沙奶奶跟在后面一瘸一瘸的，不时地撩起脖子上的洗脸巾擦着汗,嚷嚷着:"你个小死木匠,你慢点走,急这么一会儿工夫吗？这里有个井塘,我把毛巾打湿点水,凉快凉快,热死了。这个大媒做成了,你可得给我买双好鞋,我鞋底子都给你跑薄了。"

二

卸下担子靠在墙壁边。木匠的眼角瞥见了一个白白胖胖的女人坐在堂屋里摇着蒲扇,大嫂子正陪着她说话。他佯装没有瞅见,两步窜进了灶屋。老沙奶奶跟了进来,压低声音说:"木匠,女人好吧？看样子,兴许还没有生养过呢。"木匠有些腼腆起来:"我刚才没敢看仔细,眼窝子大大的,人也白嫩,我怕人家看不上我呢。再说,她相好是我们村的,我怕出事。"老沙奶奶摇摇头,发出喷喷的声响,有点瞧不起木匠的样子:"你个男子汉,看你平日里招三呼四的,到了这时候就怕东怕西了！"木匠洗了把脸,踅进房里换了一件雪白的长袖衬衫——那是出门做客时才穿的。

他尽量大大方方的样子,咧开嘴笑起来:"你久等了,我今天去村主任家里打嫁妆了。他家离这远。"

老沙奶奶拽着木匠的胳膊把他拖了过来:"还怕羞啊,都四十的人了。"堂屋里的人都笑起来,女人也轻轻地笑着,一边笑一边嗑着瓜子,抬起头,肆无忌惮地看着木匠:"大哥,自己家还这么怕呀？坐啊。"女人拿起一张条凳摆在自己旁边。

老沙奶奶把右手握成喇叭状,在女人耳朵边叽咕了几句,女人跟着她进了房。

老沙奶奶眼睛朝堂屋睃了一眼,诡异地朝大家笑了笑,带上了门。她握着女人的手,像两个贴心的亲姐妹:"老妹子啊,你别去寻你那个相好了,你那个相好已经结了婚,孩子都三岁了,你这去不是拆散别人家庭吗？你要是真心待见他,就别去找他吧。你看这个木匠怎样？还看得上眼吗？"

"看他挺老实的，只是有些背锅子，还有些白头发。"

"唉，他十几岁头发就半白了，这是有福呢！老话讲少年白头，吃穿不愁。他上无老，下无小的，两只手又扒拉钱，你还怕没有好日子过啊！"女人低头不说话。

吃晚饭的时候，在大家的怂恿下，木匠和女人喝了个交杯酒。老沙奶奶作为大媒人，还是觉得这门亲事有些怪，怕有个闪失让木匠怪罪，所以就不停地问东问西。女人大多回答得吞吞吐吐，只知道她是外乡人，到了三十几岁，还没有结婚。木匠看女人有些窘，这时反而过来打圆场说："沙奶奶，你就少问几句，等我晚上闩了门再好好问她。"大家都嘻嘻地笑起来。

三

村里人都知道木匠捡了个好女人，既长得好看又非常勤快，屋前屋后都打扫得干干净净。木匠偶尔喝醉了，和村里人说起自己的女人，脸上总是一团花："她虽然不是黄花闺女了，但是确实还没有生养过，奶头只有筷子根那么大。"如果有小女孩在场，当娘的不免骂木匠一句："有了个女人，嘴就不干净了，真应该让你继续当光棍。"木匠只是嘿嘿地笑："她确实是个好女人。"

木匠和女人像一块糍粑，黏糊糊地腻在一起。每几天一次的镇上赶集，木匠总是牵着女人的手从上街走到下街，女人叫他哥，他就呼女人为妹。两人手牵手的样子，哥哥妹妹的称呼，都成了山村里的笑话，有时也成为女人教育男人的一个榜样。你看看人家木匠，对自己女人多好，赶集不是给女人买鞋就是买衣服，要是你有木匠一半好，我都心满意足了。男人们大都撇撇嘴笑，那女人是个白骨精，在吸木匠的血，哪有那么狠着花自己男人的钱不心疼的？女人便不高兴地说，人家木匠心甘情愿被吸血，哪像你，我做牛做马你还打打骂骂。

木匠的脸活泛了起来，整天乐呵呵的，别人打趣他，他也不生气。

"木匠，你们都一床睡过了，她没把她家的情况告诉你吗？家里有几口人？

有没有男人？"

别人一问起来，木匠只是摇头。

"难道她真是孙猴子变的？从地沟里长出来的？从石头里蹦出来的？木匠，老沙奶奶给你找的怕是个妖精吧！看你人都瘦了一大圈，怕是晚上她吸你太多了吧。"

"管她是不是妖精，只要真心对我好就行。你们这些人，心里的弯弯肠子太多。"

女人已经来村子一两个月了，她一直是村里的谜。听口音她是县城附近的人，但始终没有人明白她来村子里做什么。看她和木匠要好，村里人也渐渐对她的来历不感兴趣了。她只是村里的一个妇人，木匠的老婆。仅此而已。

四

下了一天的雨，落下的枯叶生起一层层寒意。木匠走到家门口，屋里已经亮起了电灯。他的裤腿裹着星星点点的泥，右脚因为不小心踏进了水洼，解放鞋里灌满了水，走一步就会咕地响一声。浓雾裹着的暮色灰黑黑的，女人戴着斗笠，披着长长的白油纸，拿着一根竹竿赶着一群鸭子归笼。

肥胖的鸭子在雨里摇摆着嘎嘎地叫，女人把一碗谷子倒进木盆里，掺上水，鸭子伸长脖子争先恐后地啄食起来。一只大黑鸭跳进了木盆，女人用竹篙敲了一下它的脑袋："黑子，就你霸道，也要让别人吃一点啊。"鸭群恢复了秩序，发出沙沙的啄食声。猪拖着嗓子嗷嗷地叫着，小狗已经躺到了稻草窝里，一声不吭。

女人帮木匠卸下担子，说："哥，我把菜放在饭锅里热着，左等右等都不见你回来。"木匠笑着说："妹子，以后不用等哥，饿了你就先吃。"女人进房翻出一套干净衣裳，让木匠换上。

吃完饭，女人坐到灶门口烧起了火，唠叨着："把你的鞋拿来，我给你烤烤。你看看你，还像个孩子，走路也不多长只眼睛，一只鞋都湿透了，今天洗了，下雨干不了。"说完，女人叹了一口气。

饭菜都上桌了。倒上酒。"说秋天就是秋天了。你喝一杯吧，驱驱寒。"说完，女人又坐在火灶前，不经意间又是一声叹息。

木匠滋溜喝了一口，说："哥这里住得不好，你想家了吧？这个月结了几处工钱，手边有个千把块，我吃完饭都给你。你来这都两三个月了，你该回去看看了。"木匠起身从灶前拾起一根燃着的树枝，点着了烟。

"我是想回家看看我妈了，又怕你不放心我走。"

"你去吧，总归要走的。妹子，你听哥一句劝，和你男人离了吧。他不是个东西。要是让我见着他，肯定会把他揍扁的。"

"哥，我现在没有男人。只是以前我和外村一个当兵的好上了，几年都没有消息，我就出来找，稀里糊涂就找到你们村，让老沙奶奶把我带给你了。这样也好。"

"我把心都掏给你了，你还不对我说实话。"木匠大吸了一口烟，红红的火光照亮了他的眼睛，又倏地暗了下去。

柴火毕毕剥剥地响着，发出淡红色的光，把木板壁晃得暖烘烘的。女人抹着泪，她手里那只湿透的解放鞋散着白腾腾的水汽，混杂着鞋底的胶被烤暖的气味。

木匠吸了口烟，说："其实你来的那晚，完过事之后你睡得很香，我没睡着，就半夜翻了你的贴身袋子，看到了你儿子的照片，他和你长得真像。他现在应该上学了吧？"

女人不应声。男人打牌输得倾家荡产后，她已经出来过好几回了，一般十天半月，得点钱就偷偷走了。这一回将近三个月了，她似乎有点不想走了。木匠对她说话总是轻言细语，不像自己的男人，喝醉了、赌输了都会打她。木匠出去做工得了钱，全都交给她，她从未遇见过对钱这么松手的男人。

女人擦了擦眼泪，给他倒好洗脚水，木匠把脚放进木盆，女人蹲下来，像往常一样要给他洗脚。

"哥,你是个好人。要是我没有孩子,我就和他断了,来和你过日子。"女人说。

木匠闭着眼睛叹了一口气。

五

女人天不亮就走了,木匠送她到镇上坐的车。

木匠去别人家干活,常有人打趣他说:"木匠,你女人走了,你能睡着觉啊?她可是个好女人,奶头只有筷子根那么大,你舍得她?"

木匠只是嘿嘿地笑:"她心里有我,一样天天陪伴我。你们懂个屁,以为要天天共个枕头才好。"

"你是不敢去找她吧?听说她男人是个浑人,见了你还不几扁担把你的腿打折了。"

"她心里有我。"

后来,女人又来过两三次,大多第二天就走了,偶尔也住上个三五天。女人走的时候,木匠总是大清早就把她送到镇上,塞给她一些钱。村里没有人再笑话他,因为那是他乐意做的事。也有人给木匠做媒,木匠都只是乐呵呵笑着说,我有女人了。渐渐地,也就没人管他的事了。

转眼挨到了冬天。

一个下雪的黄昏,木匠走到离家一两里路的地方,狗就来接他了。狗摇着尾巴,在他面前跳跃着。

"你不好好看家,跑出来做什么?"木匠踢了狗一脚,狗呜地叫了一声,又摇着尾巴在路上撅着屁股欢快地跳起来,还仰起头咬他的衣角,木匠跟在狗后面加快了脚步。远远地,木匠看见一个女人和一个孩子坐在堂屋门槛上,飘飞的大雪让女人的身影显得模模糊糊,只有一条红红的围巾很醒目。

"哥，我回来了。"女人站在门槛边，紧紧地牵着孩子的手。

"这次你来几天？"

"不走了，我把孩子带来了，要陪伴你一辈子。"

雪，簌簌地下着，听得见声音。白色油纸糊的窗户里透出昏黄的灯光，木匠的女人开始生火做饭了。

进入腊月后，雪时断时续地下了好多天，眼望着就要过春节了，木匠收完了几个村的工钱，就带着女人欢天喜地办年货。陈二奶奶的儿子打工看厂，今年不回来过年了，木匠便花些钱，给陈二奶奶喂养了一年的黑毛猪买了过来，准备杀猪过年，庆贺庆贺。

大年三十一大早，木匠请来王屠夫，叫来几个人杀年猪。一声号叫过后，惊鸟飞起。忽见老沙奶奶屁滚尿流地跑过来："不好了，她男人带着几个男人过来了，手里拿着家伙，来抢人了！快躲起来吧，不然要出人命了。"

拿着刀、正在帮忙杀猪的木匠呆呆地站在院子里。雪花大片大片地落在杀猪桶里，遇着滚烫的热水倏地消融。

天上的时间

故乡的世界,永远包裹在浓浓的绿意里,不管是有雾,还是没雾——那不是城里的霾。

屋檐的影子,爬到了杏树的叶子上。靠近房子的第一棵杏树被一条明暗的分界线劈开,一半呈亮灰色,一半杏树的叶子上闪着浅黄色的光。

院子里的老陈奶坐在廊檐的板凳上,拣着晚饭的米。村子里的打米机老是不太好,米里有不少带着壳的稗谷,每回煮饭,老陈奶都要先拣一回稻谷。

"娃蛋,该放牛了,日头都走到杏子树上了。"老陈奶一边埋头拣米,一边催促着他的小儿子娃蛋。娃蛋是她老来得子,至今还没有结婚,和她生活在一起。结了婚的孩子都会很快搬出去。

"还早,日头还这么高,走到梨树脚下再放牛都不迟。"娃蛋说。

我看了看表,对老陈奶说,还早呢,才四点。老陈奶依然拣着谷子,头也不抬:"是上午 4 点还是下午 4 点?要是到了下午 4 点,过会就得煮晚饭了。"我已经懒得和她解释。她从来就弄不清钟表,越和她解释时间她越糊涂。她不知道一天有二十四个小时,只知道夜晚和白天。

我小时候,老陈奶年近七一岁,耳聪目明。鸡叫三遍,她就起床,把堂屋门打开,慢悠悠地出门,上趟茅厕。从茅厕回来,她就用巴掌敲敲娃蛋的房板门:

"起床担水去了，天已经上光了。"娃蛋有时候赖床，老陈奶叫他几遍也不起，就用拳头擂得木板门通通地响。"还不起床，日头都出来了。"娃蛋在房里有点不耐烦地应付着："起了，起了。"

老家的房子都紧密相连地建在丘陵一大突起的冈上，屋前屋后都是近邻，经常是吃饭都走出来在一处吃。院子里的空地被分成了几块，靠近廊檐南侧是一方小池塘。坝上，种了一小片杏树、桃树，东侧是两棵老梨树和一片竹林。池塘外有片菜园，再就是大片大片的稻田了。每到春天，雪白的梨花远望去是圣洁的云，还能听到嗡嗡的蜂声；而雨后春笋破土而出，更能听到生命拔节的颤音。

时间的生命很短，只有一昼夜的天光。

清早，粉红的霞光柔和地覆盖着庭院。老陈奶坐在堂屋门口仔细地梳完头，再在髻上包上黑色的丝帕网。娃蛋已经起床了，担着水桶一趟趟地去挑水，老陈奶哐当哐当地剁着猪菜。水缸挑满了，老陈奶开始生火煮猪食、做饭。

清晨的时间，是一个刚学会爬行的粉嫩嫩的婴儿，赤着脚在屋顶小心翼翼地玩耍。

炊烟袅袅，山陵中的晨雾渐渐散开，粉红的朝霞越来越淡。时间已经能站起来了，她从屋顶走了下来，在墙壁上跳着欢快的舞蹈。早饭快熟的时候，她从墙壁蹦到廊檐上，淡红的光渐渐变成橘黄，明亮亮的，有些晒人。

因为老屋坐落于山冈上，在太阳下，屋檐投下暗灰的影子。随着阳光的脚步，影子渐渐拉长。地上的影子成为天上的时间在人间的倒影。

屋檐的影子从墙壁跳到屋脚下，该吃早饭了。她跨过了阴沟，该是吃午饭的时间了。她走到杏林边上，该放牛了。她跑向水田，太阳该落下了。

时间从屋脚走向杏林的脚步是缓慢的，她虽已成年，但耽于声色，显得有些懒洋洋的。这是一天中的好时光，从上午 10 点到下午 4 点。而后，时间小憩一会儿便长上了翅膀，飞过杏子林，飞过水田，匆匆飞到对面山上去了。终于飞上远山山顶的时候,她似乎老了,疲惫不堪,在山头缓缓地喘着气。晚霞已经给她准备好了温暖柔软的床,摇摇晃晃地朝她招手。于是,她蹒跚地走进霞光深处,在夜的怀抱里沉沉睡去。

月光姣好的夜晚,屋檐的影子静静地躺在池塘坝上。屋瓦错落有致,一凸一凹,映到地上,像是一排波浪。靠墙壁坐着,月光如潮水般涌来,廊檐是岸,而地上的影子是涌过来的浪花,把墙壁溅得湿漉漉的。于月下静坐,水意深深。随着月亮从远山升上老梨树梢头,屋瓦的倒影也行云流水般渐渐涌向小池塘。

影子渐渐淡去,天亮起来。公鸡打鸣了,又是新的一天的开始。

时间就是这样每天从屋顶慢慢流向水田,从水田飞向远山。周而复始地循环,有如轮回。时间是有脚的,她走在有十二个刻度的钟表里,不紧不慢。

我刚开始买表的时候,老陈奶觉得很新鲜,常常问我几点了,她好决定是否该做饭了,是否该放牛了,是否该点灯了。但她常常不能知道钟点的确切含义。你告诉她4点了,她会反问你说,4点是该做晚饭了还是该放牛了? 越和她解释,她越混淆。渐渐地,她对我手腕上的表很不信任了。她说:"时间不在你的表里头,我的时间是在天上。"

时间确乎是在天上的。一天的时间在天上飞快地跑,从白天到黑夜,从黎明到黄昏。一年的时间在天上慢慢地走,花开花落,冬去春来。

天亮了,该劳作了;天黑了,该歇息了。春天了,万物花开,该播种了;秋天了,果实累累,该收获了。时间在天上奔跑,人类在地上生息。

山村里依然很少用阳历。过年,每家都会买回一本皇历。什么节气该播种什么都是很有讲究的,否则就收成不好。老陈奶虽然不知道一天有二十四个钟点,也不知道有多少个节气,但对节气发生的事都很熟。雨水,燕子归来,草木萌动;惊蛰,春雷乍动,鸽鹈鸣叫;清明,浮萍始生,草木繁茂……什么时候该打辣子秧了,什么时候该点小白菜了,什么时候该播谷种了……一切都需要看天上的时间。开太阳,出门劳动;下雨,在家歇息。秋天收割,冬天蛰伏,春天苏醒……天上的时间掌管着山里的生活，人为划出来的时间刻度似乎是失去意义的。

小时候我上学刚学会数数，有一天娃蛋故意使坏，问我怎么不上学，我说："今天是星期七，明天星期八再上呢。"老陈奶在旁边说："我看这雨要下两天呢，干脆星期九你也别去了。"娃蛋被逗乐了，就教我说一个星期只有七天。我有些迷惑地问："那星期七的第二天是什么？"娃蛋说："一星期就七天，接下去又是星期一。"

除了星期的概念，还有公历，我到长大读书后才渐渐习惯。因为古老的山村里是用不着知道公历和星期的，这些都需要学习。钟表里的时间也一样需要学习。小时候，村里有个人爱戴手表，他路过我们这块儿的时候，老陈奶就喜欢问他几点了，他看半天也不一定说正确。有一天我们都正在院子里吃早饭，他看了看表说："都 2 点了，你们都才吃早饭？"娃蛋笑他说："日头刚走到廊檐上怎么就 2 点了？你的表根本就是坏的吧？"老陈奶抢白娃蛋说："2 点不就才过了两个时辰吗？今天早饭吃得早，可能真的才 2 点呢。"

钟表里的时间可能会走快走慢，有时还会罢工，但天上的时间永远是准的。然而，渐渐地，手表四大件成了乡下定情的信物。再过一些年后，手机开始流行，每个出过门的姑娘和小伙子都有了手机。老陈奶肯定没有想到，当她快九十的时候，她居然学会了认识写着的时间。时间无处不在——正堂的挂钟上、电话上、电视上、手机上……只是她永远最信的是天上的时间。

当天上的时间被囚禁在钟表之中，我不知道，我们是否步入了文明的行列。只是人世间步履匆匆，还是匆匆！走，快走，跑，加速度！不知疲倦的。没有疲倦吗？

天上的时间是一曲有关轮回的牧歌，循环往复，无止无休。那是一种"鸡栖于埘，日之夕矣，牛羊下来"的安宁，是一种"晨兴理荒秽，戴月荷锄归"的踏实。当文明的时间入侵的时候，时间其实依然还在天上不紧不慢地行走。然而，能正确读出她刻度的人却少了，很少了——除了老陈奶们。

城市诱惑

城市的诱惑,对我来说,自扰小就开始的。

那时候,我还很小,每晚在昏暗的煤油灯下写作业,母亲在旁边纳着千层底,总有一声叹息:什么时候"呜哇一下子",把我们都带到城里就好了。

说得多了,这句话,在我幼小心灵里打下了深深的烙印。因为生活在丘陵山区、穷乡僻壤里,家里困顿自不必说,还时不时受到一个恶人邻居的欺压,再加上那时候农村与城市的差距巨大,到城市去,这是母亲最大的野心了。

母亲用这"呜哇一下子"一句话,想来也极其生动、准确,它似雄鹰振翅冲天,勇猛而迅捷。当然,母亲这"城里",现在我想,充其量也就是我们老家的皖西霍邱县城了,没想到我们今天会"呜哇一下子"生活在中央京城了。

不过,话又说回来了,母亲这句唠叨,并不一定就是完全的动力让我不得不学习得很好,其后还有诸多事宜、诸多时机把握促成。只是母亲这句话,我是终生不会忘记的。现在回想起来,替意识里,这句话可能还是给我有些压力的,以至于后来还做过一些噩梦。

记得研究生毕业前夕的一个春节,假期里我在老家,一个见过些世面的亲戚有一天突然对我说,别留不下北京又要回来哦。我一听暗地里有些心惊,并一直惊了下去,以至于留京工作几年后,有一次还做梦,我在京城里一所高校教书，并已结婚拥有自己的家庭、房子，结果回安徽农村一趟再回京城时，都不要我了，高校说又招进人了，家里也把门关上了。醒来后我很茫然，并产生了很多感慨。看来，这城市还不是我等的。农村人进城，终归还是怕扎不下根啊！

这样的梦，我做的还不止一次。

说到"中央京城"，我是故意连在一起的。因为在农村，城市的诱惑并不仅仅是一个人、两个人，大家都是如此。特别是对首都北京，那就是等同中央啊。记得有一个行将毕业的北师大文学博士，他打电话与农村老父沟通，说到毕业去处，"争取留北京，其次去天津，最次也会到安徽省会合肥的"。电话那端一开始没说话，最后考虑了半天，说："还是留在中央好。"中央好啊！后来这个兄弟去了大连发展，现在文学评论方面渐声名鹊起。

中央也好，北京也罢，反正现在我们是"呜哇一下子"全都到了京城，用我霍邱的好友邓总话说，"斗得真过劲""俏拔得很"。

可是，母亲来到京城不到一个月，就开始想她农村的一切了，左邻右舍的自不必说，还有庭院里的小狗、门外边的菜园等等。那几个月的电话费每个月都是好几百，她还老纳闷，说，没怎么打啊。其实，她与老姐妹们聊天是忘记了时间的。我也就假装说电话出了问题。现在，如果说到回安徽老家，她还是表现出极大的热情，流露出兴奋。

前几天，我去了一趟武汉，闲暇时朋友带我去了郊区红石榴村。红石榴村，一听这名字就很美。那里原来是个农场，现在渐成徽派建筑，地里种的全是红菜薹，已远近闻名了。我们在那休闲地度了半天，在阳光明媚的院子里打着牌、喝着酒，咸鸡、咸鸭、咸肉、咸鱼四周挂着，飘荡着盐巴与泥土的气息，别有一番滋味。回京后，不禁又念起农村的好了。

我骨子里还是有着深厚的故乡情结的！

在城市，是有诸多便利和更多的发展机会，但肆虐的尘暴、浑浊的空气、硬邦邦的水质、干燥的环境、拥堵的交通等等弊端，很多时候真是让人受不了。我曾在一篇文章中写道,在城市,祭奠个先人,烧刀纸、焚个香的都没地方。前几年,北京解除禁放令以后,燃放鞭炮更是让人有些受不了。破五那天,从初四夜到初五夜,那个惊天动地,看电视是听不见声音的,对面说话要看口形的。大年三十我们也是买了一些鞭炮礼花,放放兴奋、放放吉祥,经历了几天别人的疯狂后,正月十五我再也不想推波助澜了,任凭儿子的几次要求,我都没有同意再买再放。

如今,城里有钱人都跑郊区住去了。我等钱包不涨的人,还逃避不了城市的包围。我现在住的地方就是世纪城小区,用开发商的口号喊"我们造城"。这是包裹着更紧的城中城啊,让你感觉到了更多的不舒适。于是,想找一方水土,干净、清静、恬静,修身养性,其乐无穷。记得在拙著《沧桑的家园》后记里,我曾表述过向往这种生活,回到乡村,打打牌,喝喝酒,钓钓鱼,与世无争,生活多么惬意。这乡村的诱惑,确实在一年年加大啊!

有一个段子曾经比较流行,说的是一个农民的感慨:过去乡下人用土疙瘩擦屁股,城里人用纸擦屁股;现在乡下人用纸擦屁股了,城里人又用纸擦嘴巴了。唉——我们怎么总也赶不上城里人?! 这不知是农村人的自嘲,还是奚落城市人。

生活在城市里,念叨着乡村好而又不回到乡村,这,就是城市的诱惑吧。

城市诱惑也好,乡村诱惑也罢,人,总是希望追求更美好的生活。从农村包围城市,是一个时代的产物;从城市返祖农村,也是一个时代的产物。在这转型过程中,有时真让人有些彷徨,不知道该如何是好。

印象北京

今天,北京二环路上暴发血案:据现场目击证人说,因堵车太久,有一主终于无法忍受,他暴跳如雷地打开车门,拿出一根长长的棒球棍,边骂边走到车前,一边打一边吼道:"妈的,我忍了你很久了!从西直门就一直跟着我,到了复兴门你居然还把我超了!"他把地上的一只蜗牛打得粉碎。路上所有堵车的人都吃惊地看着他。

这是个搞笑的段子。笑过之后,也确实让人有些心酸。

写故乡,为何写到了北京?因为北京是第二故乡,而第二故乡就是这样拥堵不堪。首都,"首堵"!天天都是这样,堵车堵心。我不知道心理专家有没有做过这样的课题,研究研究因为堵车堵心,而让人脾气更加暴躁点火就着,从而发生更多纠纷、激烈冲突,就是如今常说的"路怒"。当然,"路怒"还有人为的斗气成分。理论上讲应该是这样,我想。

这里是北京。

4月,去了一趟上海,没想到居然躲过了一劫,那就是一场特别大的沙尘暴。微信上说的是,刘备准备在北京建房,诸葛亮掐指一算,说,主公你只要买些水泥就可以了,沙子随后自然会到。于是,傍晚时分,狂风裹着沙尘如期而至。只是,刘备的水泥不知刮跑了没有。

其实想想，北京现在的沙尘暴较以前要少多了。早在20世纪90年代初，我刚到北京，那春季是隔三岔五地刮沙尘暴，很多女性都是面戴薄纱过春天，以致后来，我做环保宣传，还到内蒙古探寻沙尘暴的源头。

这里是北京。

如今，北京的雾霾天越来越少了。虽然隔三岔五的还来，但中央和北京治理力度很大，有多个"蓝"之说。不过，有一个段子还是让人悲催的，讲的是，有一健康、强壮的北京人，出国到欧洲去，可刚下飞机就不行了，当场晕倒。欧洲高明的医生也查不出病来，束手无策。有经验的导游说，没事，找辆尾气大的汽车来，冲着他的鼻子发动，黑烟一排，人立马就醒了。原来他是吸惯了污染空气，不适应清新空气了。

北京的空气污染就是这样严重啊！很怀念北京奥运会，那段期间放假，汽车单双号限行，天真的很蓝，天上的星星都给找回来了。还有后来北京召开APEC会议，不但北京，还有周边七省市，停工停产，放假限行，果然出了效果，出了一个新鲜玩意儿"APEC蓝"。好，我们享福了！通常，我也不看PM2.5指数，家里的阳台正对着中央电视发射塔，只要一抬头，看不到塔的影子了，我就知道今天又雾霾了。想想这雾霾还真是太可怕，那么大个的发射塔，愣是看不见了。难怪张召忠先生能说出，这雾霾的妙处让美国的卫星看不到我们的军事基地和军事设施了。

这里是北京。

有一个北京人，1984年为了圆出国梦，卖了鼓楼大街一个四合院的房子，凑了30万元，背到意大利淘金。风餐露宿，夜半学外语，大雪送外卖，在贫民区被抢7次被打3次，辛苦节俭30多年，终于攒下100万欧元，合人民币近800万，如今已两鬓苍苍，打算回北京买个房子养老，享受荣华富贵。可一回北京发现，当年卖掉的四合院，现中介挂牌8000万。8000万啊！刹那间崩溃了。

这就是北京的房价，日新月异，飙升不下，几成全世界最高价。有人说这房

第一部分　回眸故园

041

价是虚高，我看是实实在在地高。有人算过，一个公务员正常工资工作一辈子，在北京买不下一个厕所。再说那800万，若留一半养老，用一半买房，那是买不到什么好房子的。哭吧，北京人。

这里是北京。

堵车，空气污染，买不起房，可又有几个人要逃离北京呢，都还是挤破头了要进北京。堵车？需要时可限号，可单双号、可放假。空气污染？需要时可停工停产，放假限行。不但北京，还有周边省市都要听令。买不起房，看到谁睡在马路上了？因为这里有中南海，更重要的是这里有更多发展机会。到北京寻梦，北漂都能成为一族，你想那队伍有多大。北漂一族中有那么多成功者，你想北京有多少发展机会！

如今北京有2300万居住人口，也在搬迁、减少。其实，虽然有这么多不尽如人意，但管不了那么多：堵车，那就提前预留点时间吧。衣服脏了洗洗再熨平，头发乱了剪剪再梳理，要知道我们和中南海同呼吸呢。没钱，挣呗，北京遍地是黄金。你看，满大街的人，每天都衣着光鲜、精神抖擞地奋斗在北京！

第二部分　山水云天

一场山水与茶的邂逅

"开山喽——"

随着武夷星茶业何一星老总的一声长叫,大家一起高声叫起来:"开山喽——"

鞭炮齐鸣,焚香膜拜。

这是武夷星大红袍开山仪式。

可惜,我没能在现场。因为有事,我提前回了北京,这是在朋友顾卫平先生微信里看到的视频。

离开武夷山的前一天晚上,我们去看了印象大红袍山水实景演出。这是张艺谋团队又一创意策划,布场大王峰下,利用转位的座椅、变幻的灯光,将山水草木、人文故事淋漓尽致地表现出来,确实令人震撼。

武夷山,茶、水、猴、山,一场人与自然的邂逅。

茶——

武夷山大红袍闻名于世。住在山上,第二天当然先去一睹芳影。看过的人说,看景不如听景,大红袍其实没什么看的,就是在半山腰上生着几棵小茶树。看后,情形还果真如此,两簇茶树立于半山前,玉树临风似的。下面也有几簇不同名的茶树,都是其子孙后代了。但还是很值得看。走在青山绿水之间,呼吸着清新空气，溯溪缓缓而上，真是惬意。身临其境，想着大红袍的传说，体会更是不同。

关于大红袍，有一个传说，旧时有一秀才进城赶考，走到这里不期想病了。寺庙里的僧人用这溪水煮了半山腰的茶叶给他喝，不想竟慢慢好了，秀才果然中了三甲，回来感谢这神茶神功，将茶树披红挂彩，大红袍自此也就问世了。

我感觉这个传说有些勉强，因为进城赶考路过这个偏远的地方可能性不大。但当地百姓喜爱、推崇这茶叶，编出这美好的故事来，也算是用心良苦。

移步换景。接着我们去茶博园参观了一圈，再找了一个茶馆，安静地品茗了。在武夷山每一家茶馆，你去了，都热情地泡茶给你喝，不问你买还是不买。

望着门外的无声细雨，我们悠闲地享受着这里的茶文化。

我是爱喝茶的，以喝绿茶六安瓜片为主，因为我是皖西人——那也是一个山、水、茶浑然一体的地方。不过还真没写过关于茶的文字。中美文化教育交流时，在老外面前曾用蹩脚的英文讲述过关于中国的茶文化，相当有限。

水——

水是山的魂灵。

如果武夷山只有山的话，那就不会那么美丽了。在武夷山你不得不说九曲溪。蜿蜒曲折的九曲溪，真的转了九道弯，把个武夷山山峦逐个分割开来。山在水中，水在山间，相互缠绕，永不分离，这也是武夷山山水风景最大的特点。

于是，在武夷山看风景就是：走在水道上，观山；站在山峰之上，观水。当地老百姓也有着这样的说法，来武夷山是必须要坐竹筏的。

和风细雨中，我们坐上了一个竹筏，漂流在清澈见底的溪水之上。两岸的山峰倒映在水里，山水一体，将近两个小时，人就仿佛在画中游走。特别是这九曲十八弯，固然曲折，但水势落差不大，平静中没有多少起伏，没有惊涛骇浪，让你充分地怡然自得地看山看景，绝对没有多少的打扰，更没有惊心动魄。两边崖壁上还有很多石刻文化，或千古名句，或欣然自得，刀功很好，历史久远。

游人如织。一船船过去。船工们用力地撑着船,同时兴奋地讲解着,仿佛要让游人把这山水风景看个够,把这传说典故永记在心。

不时,经过的一块块平坦的溪岸上,一对对新人在雨中拍着婚纱,秀着恩爱。

猴——

武夷山是世界双遗之地。武夷山自然保护区物种丰富。看猴,也是武夷山闻名遐迩的一景,我们便冒雨前往。沿途水声潺潺,富氧醉人,茂密的森林、浓重的绿色很快将我们吞没其中。

关于武夷山的猴子,我在这里就不再赘述了。儿子的一篇周记作业《武夷山观猴》,我看放在这里,挺好。全文如下:

早就听说武夷山的风景秀丽无比,蜿蜒曲折的九曲溪天下闻名。今年的清明节放假,我和爸爸妈妈去了武夷山之后,才知道武夷山的猴子也是非常好玩的。

细雨绵绵的上午,我们开车到了武夷山人与自然圈保护区。武夷山森林葱郁茂密,空气清新扑鼻。我们先在自然博物馆看武夷山动植物标本,和华南虎标本合影,这里的物种非常丰富。一会儿,有人说,猴子下山了。我们连忙跑出来,就看见成群结队的猴子跑过来了,还好像在向我们招手呢。它们一边招手,一边还好像对我们说:"你们好!欢迎你们的大驾光临!"没想到,我们的队伍里,有人还带了食品呢。可以喂猴子了!我非常开心。因为我可以和猴子零距离接触了!

猴子吃东西时非常好玩。我给了它一瓶饮料,它首先咬破一个口,之后开始吸里面的汁。我又给了它一个大馒头,它首先把大馒头撕成两个小馒头,然后再慢慢地吃起来。据说,看猴子不能带包呢,否则,贪吃的猴子以为你的包里有食物,就给尔抢去撕破了。

　　我们这群来自远方的游客，观赏着猴子，嬉戏着猴子，彼此就像朋友一样亲密无间。最后，我们坐着车回去了。临走时，十几只猴子排着队向我们注视着，好像在说："再见吧，下次再来啊！"

　　武夷山观猴，让我更爱大自然了！

山——

　　武夷山的山说是山，倒不如说是一座一座的山峰，或说一块块巨大的山石。

　　这山峰并不高，站在山脚下就能看到山顶。这里属于丹霞地貌，都是大块的岩石裸露在外。你不看到岩石的话，很难想象它的大。虽是"岩石山"，但山上仍然长满了郁郁葱葱的树木，翠绿欲滴，特别好看。要知道，武夷山自然保护区森林覆盖率在90%以上。武夷山的山峰造型十分奇特，各有特点。因此当地人给每座山峰都起了个动听的名字，什么大王峰啦、玉女峰啦、天游峰啦，数不胜数。

　　当然，如果仅坐在竹筏之上看景，是无法领略九曲溪的美丽的。我们这些游客需要再费些力气，爬到武夷山最佳观景地——天游峰，饱览九曲溪的非凡景观。"不到天游峰，白游武夷山"，所以，天下的游客都明白了吧，来武夷山有两个必选科目，坐竹筏，爬天游。

　　天游峰，顾名思义，往天上游的峰，可见其高、陡。因此，爬天游峰还是很难的，道曲、悠长自不必说，还有不少陡坡阶梯要登。我和儿子上过天游峰，先在玉女洗浴的地方歇了歇，问他累不累、上不上了，他说还上一段吧，于是又艰难地爬了一段很陡的阶梯，在半山腰的一个亭台上坐下了。这里也能看见山下的九曲溪了，更能看见远近不同的重峦叠嶂。举目远眺，心旷神怡！

到主席的故乡去

湖南的秋风迎面扑来的时侯,已是将近中午 12 点了。我们的飞机到达长沙黄花机场。午饭后,我们便驱车前往毛主席的家乡韶山看看——这是第一时间要去拜见的。

因为修路,途中我们走错了道,走了有 50 公里冤枉路,不过歪打正着,在一个收费处碰到一个导游,她的姓氏非常少见,姓信。后来证明她是一个非常优秀、敬业的导游。

导游介绍说,其实韶山并不是什么山,那是一个丘陵地带,只是这个地方的名字叫韶山罢了。让我想到澳大利亚的故事桥,一点故事都没有,只不过修桥人名字叫"故事"罢了——外国人的名字叫什么的都有。

韶山共有八个景区。我们到达时已经下午 4 点钟了,导游说我们只能游览四个景区——毛主席就读过的私塾、毛主席故居、滴水洞和毛主席铜像广场。

整个游览过程都能感受到,这里一切都包裹在极富传奇色彩的氛围中。毛主席就读过的私塾里面有一个规模不大的展室,但里面展示的故事令人惊叹不已。导游说,我们看到的韶山版图——1993 年一个游客无意中发现的——旋转 180 度后,竟与中国的版图出奇地相似。不仅如此,毛主席的出生地在韶山所处的位置,正与北京在中国版图上的位置再一次出奇地相似。当然,还有其他很多神奇的故事——

毛主席一生中和许多数字有密切联系，如，他与 9 有着不解之缘，诸多大事都与 9 有关，他组织的秋收起义时间是 9 月 9 日，毛主席去世的时间也是 9 月 9 日。导游说到此处时，马上接着说，毛主席的身高是 1 米 83，保卫他的警卫部队番号是 8341，而他正是 83 岁离世，从 1935 年遵义会议掌权到 1976 年与世长辞总共历经 41 年。

更加令人难以置信的是，毛主席 1965 年重上井冈山时曾填词一首《水调歌头·重上井冈山》，其中写道："三十八年过去，弹指一挥间。可上九天揽月，可下五洋捉鳖。"

谁能想到，1965 年的 38 年后，也就是 2003 年，中国"神舟五号"飞天，完全印证了这四句词中的数字。航天英雄杨立伟在完成太空飞行任务后，曾到毛主席故居瞻仰毛主席铜像，获取了一尊纪念铜像，铜像编号为 3883。38 代表那年杨立伟 38 岁，83 代表毛主席享年 83 岁。也许是牵强附会，但竟能自圆其说，信不信由你。

游览完南岸私塾，我们径直走到毛主席故居，也就是毛主席出生、成长的老房子。故居门前排了很多人，人头攒动。这么多人怀着崇敬的心情来到这里瞻仰伟人，实在是敬重他老人家，感谢他老人家。

在毛主席故居中有武警站岗，更让我们这些游客对毛主席老人家产生一种敬畏之情。在这里，我们还知道，毛泽东一家共有 16 个亲人为中国革命献出了生命。毛泽东真是一个千年横空出世的伟大之人，他的百折不挠、绝不气馁、不言放弃、永远争取之精神，越来越让人感到非伟人做不到！

韶山叫山不是山，是丘陵，还有些相近；而滴水洞竟连一个山洞都没有，这名字与实际实在相去太远了。为了神秘？为了国防？不得而知。只是一号楼后面延伸建造了一个防空洞，那可是一滴水也滴下不的。

滴水洞一号楼是我们行程的第三站。这里是毛主席在 1966 年最后一次回韶山时,曾经办公和休息过的地方。说是当时毛主席在一次游泳时,不经意间和当地的负责人说,要是我哪天回去了,能够有个安静休息的地方就好了。就这样滴水洞一号楼很快建成了。

在滴水洞的见闻,也有些奇特。我们见到了很多沙发和其他家具,会议室宽敞明亮,显得很豪华。办公桌上摆放着毛主席曾经使用过的砚台,听说那方砚台是用很名贵的石头雕成的。桌旁是一个陈旧的书架,但里面摆放的都是毛主席曾经翻阅过的书籍,能看到的有《康熙字典》《三国演义》《西游记》等。记得一个朋友曾经在一篇散文中写道,他一直以来认为,如果一个男人,不喜欢看《三国演义》,是不可能成为了不起的人物的。这放在毛伟人的身上,绝对恰如其分。

在滴水洞,我们还看到了毛主席曾经写给江青的信。摘抄了其中一段内容,很有意思:

> ……自从六月十五日离开武林以后,在西方的一个山洞里住了十几天,消息不大灵通。二十八日来到白云黄鹤的地方,已有十天了,每天看材料,都是很有兴味的。……

导游说,信中提到的白云黄鹤的地方,就是指滴水洞一号楼了。

再说一号楼,里面的房间布局和设施安排极为丰富和合理。这里有毛主席就寝的大床,大床做了特殊的设计,方便于毛主席高大的身材,以及满足他老人家喜欢卧床看书的习惯;有毛主席的卫生间,里面的设备非常现代。墙壁地面贴了瓷砖,有大大的浴缸、看起来质地柔软的浴袍等。还有江青的卫生间,明显比毛主席的档次要低一些。全部都是当时从苏联引进的原装货。导游说,只可惜江青的卫生间一次都未使用过——因为江青一次都没来过;而毛主席的浴袍也一次都没有穿过,他舍不得穿啊。

我们还穿过了防空洞和防震洞，很高级别的，绝对保证安全。

离开滴水洞一号楼，天色已渐晚。我们驱车来到毛主席铜像广场。高大的铜像威风凛凛，导游介绍说，铜像的高度、基座的高度等都是很有说法的，绝不是随意的设计，都有着不寻常的寓意。铜像立起的当天，还是冬日，却只见后坡上的杜鹃花满山开放，在雪丛中红得灿烂。参观中，我们也确实看到了说是当时拍下的照片。

划过八百里洞庭湖

井底之蛙，说的是有道理的，不走出去，不知道外面世界之大。那一天，我们到了洞庭湖，才知道原来它是那么大。

由于时间紧张，我们坐快艇游览洞庭湖，只用了一个小时。当地人说，我们所看的部分还仅是南洞庭湖，还有一个北洞庭湖，比南洞庭湖面积还要大。以前两个洞庭湖是连在一起的，现在环境遭到破坏后，水越来越少，变成一南一北了（有的说法是一分为三，还有一个东洞庭），但仍然同属一个水系。由此可以想见，洞庭湖到底有多大了。这里的湖面看起来哪里像湖呢，简直就是海嘛。

洞庭湖意即神仙洞府，古称云梦泽，可见其风光之绮丽迷人。此次我们现场了解，洞庭湖里的物产非常丰富。

我们沿途满眼看到，感受到的，是湖面上茂盛的芦苇。随行的朋友告诉我们，看芦苇有两个最好的时间，一个是五六月份，一个是十一月份。五六月份时芦苇枝繁叶茂，绿油油的望不到边；而到了十一月份，芦苇就开花了，从远处看白色的芦花白茫茫的一片非常壮观。以前没注意，这还是头一次知道芦苇也会开花，而且还是白色的花。想象着那将是怎样的美丽大观。后来我们离船上岸后，还真看到了芦花，有点像老玉米的穗子。

靠山吃山，靠水吃水。生活在洞庭湖上的人们，自然多以打鱼为生。我们看到,湖面上打鱼的船非常多,连成一片。船篷上面都晒满了鱼,大的小的,让人目不暇接。我们当天的午宴也是洞庭湖的全鱼宴——所有的菜都是用洞庭湖的鱼做的,吃起来很香,鱼汤更是鲜美。好客的当地人把最具特色和最为鲜美的食物做给我们吃了。

吃完中饭我们开始返回,本以为洞庭湖一游已经结束了,哪知道还看到了"洞庭湖神树"。当地人说,这棵树有上百年的时间了。我们上岛观看。树的周围原来一定是有寺庙的,因为现在树根周围还堆砌着砖瓦,应是人为所致,并非天生天养的树木。之所以说它神,是因为洞庭湖有史以来的几次大水,都没有冲垮这棵树,也没有淹死这棵树,可见这棵树的生命力何等之强。尊重神树,并图大吉大利,我们和神树合影留念。

在南洞庭湖岛上,还有一个凌云塔。看完神树后,我们又去看塔。这是一座石塔,据说也有两百多年的历史了。塔的周围是茫茫一片的芦苇。我们拾级而上,爬了三层,放眼四周洞庭风光,美景尽收眼底。没想到洞庭湖上还有这么多人文景观。朋友告诉我们,如果再晚些时间来这里看,就会要多漂亮有多漂亮了。此时我们,也只能发挥想象力去享受季节不同的芦苇美景了。

畅游洞庭游,惬意,不虚此行。就此别过,美丽的洞庭湖。

缥缈梦境张家界

从洞庭湖驱车直奔张家界,300 多公里之远四个多小时也就到了。当晚,我们去吃了土家宴,非常美味的饭菜。吃在张家界是有"三宝"的:葛根粉、蕨粉、岩耳。还有"一绝"就是杜仲茶。岩耳长得有些像小木耳,但口感没有木耳那么劲道,它是长在岩石上的"木耳",所以起名为岩耳。在张家界的野味菜中,如果加入了岩耳的话,这道菜的价钱至少要增加 50 块钱以上。后来几天的行程,我们还品尝到了葛根,没有什么太多的味道,但也挺有嚼劲,吃起来不错。

中华之大,到处是宝。走的地方多了,才发现各地都有其独具特色的东西。对于当地人来说,这些都是习以为常、司空见惯的;但对外来人来说,展示在面前的都是独一无二的精品。这和不同经历、不同感受的过程,真让人喜欢。

在张家界,我们神仙一般游元了三天,三天各有各的味道。

第一天,天气晴朗,我们游览了黄石寨和金鞭溪。我们一行九人都没有去过张家界。所以初到张家界山门时,就被它的美所震撼了。导游说,里面还有更好的呢。游过之后才知道确实如此。第二天,天降大雾,午后下起雨来,我们雾里游览了天子山和天下第一桥。第三天,雨依然下,所到之处是黄龙洞和宝峰湖。午后雨停了,心里很是高兴。因为在张家界,已经一天多没有见到太阳了。

张家界的美，几乎是无法用语言来描绘的。

它的山是奇绝的。3103座石峰组成一个强大的山的阵容，在369平方公里的土地上，尽情摆弄着变化万千的造型，尽情展示着崇山峻岭的风采，尽情抒发着大自然的情怀。从张家界公园金鞭岩，到天子山御笔峰，从黄石寨奇峰到神堂湾峡谷，张家界就如同一个巨大的天然雕塑园，向世人一件件展示着震撼人心的作品。

张家界的水是清纯的，是真正的大山的乳汁。清澈透明的金鞭溪，碧若翠玉的宝峰湖，逶迤多姿的索溪河，时刻展现着张家界的柔情，使人难以忘怀。

张家界的洞是美妙的。人们给予它"地下魔宫"的美誉。黄龙洞，12000平方米的龙宫，1700根石柱石笋，21米高的定海神针，以及11公里长的溶洞、160米高的4层洞府，顺理成章地摘得"中国溶洞全能冠军"的桂冠。

在张家界的每一天，你无时无刻不因它的绝美而惊叹、动容。你总认为你已经看到了天下最好的美景，但哪里知道，张家界永远能给你更多更好的出乎意料的胜境。看得你只恨在张家界逗留的时间太短，看得你只恨自己走得太慢，不能将更多的美景尽收眼底。张家界景区地域辽阔，游人如织，且很多情况下需要步行，所以整个游玩过程非常辛苦。

比如，为了爬到1000多米高的黄石寨，我们整整排了3个小时的队才坐上缆车。真不知道当时那些时间是如何打发的，也许是对黄石寨太向往了吧。因为当地人都说，不到黄石寨，枉来张家界。上山耗时3个多小时，已是一种疲惫了，下山的路足足有5000多级台阶，走了没有一半路程时，就明显感觉两腿发软。好在沿途仍有美景吸引着我们，还能保存着一点点力气和情绪，用来拍照和微笑。最后走下山时，朋友的夫人已经彻底走不动了，打手机让朋友回头去接她。天哪，原来到张家界旅游，是有要强壮的身体、很好的体力才行的啊。

第二天的天子山之行，开始有些遗憾。大雾弥漫，几乎看不清什么。导游说，张家界的大雾也是有名的，遇到雾天是很正常的事情。但雾里一定有雾里的看法,是不会叫游人失望的。我们的运气也算好,每到一个景点,雾气都会有点散去,能够让我们顺着导游的手指,听完他的讲解,领略大自然的鬼斧神工。那雾也来得快,刚刚风景还有模有样,一摁快门,就已经是白雾一团了。

在天子山上,我们还吃了顿丰盛的午餐,多是当地的野味。外面细雨绵绵,屋内饭菜飘香。至今,还想那饭菜的香味。

别过天子山,来到天下第一桥,更是让人赞不绝口。那桥绝对天下无双,自然形成一个单拱,连接两边的山峰,拱下面是深邃的山谷,远看极其让人生畏。桥长有 40 多米,宽 2 米,厚度是 5 米,跨度 20 米,拱高 300 米。因拱之高举世罕见,被誉为"天下第一桥"。为了游人的安全,桥的两边装上了铁索,当地人为了发挥天下第一桥的神力和无与伦比的绝妙,招引游人在铁索上系上同心锁,表达对爱的坚贞与承诺,以及对美好生活的憧憬与寄托。

走在如此之高的桥上,你并不觉得有一点害怕。我也曾想过,桥面是否有一天会崩塌断裂,如遭雷击或其他自然灾害而毁坏,但估计 5 米多的厚度应该是没有任何问题的。站在稍远的地方观桥时,反而有些胆战心惊了。

由于下黄石寨疲累的缘故,上天子山,走天下第一桥,两腿都是酸痛的。坚持,坚持!谁知去黄龙洞时,最后还要冲刺爬那么高的一个大平台——一个回音壁。我们相互鼓励,原先不准备上去的同伴慢慢地都上去了,而没有走回头路下去坐船。

初听黄龙洞的名字,觉得很诡异。为何看山最佳地点的张家界,还会有洞?这可能正是张家界的美妙之处吧,有山,有水,还有洞。所以就旅游资源而言,张家界无可争议地被称为"全能王"。洞里的神奇也是独一无二的,让人叫绝。有些石笋的形状过于逼真,让你无法想象这是纯粹天然形成的。特别是最后平台的大石笋,接天连地,气势逼人,让人不免惊叹于大自然的千年造化。

前往宝峰湖时我一直问,要不要再爬山?别人告之是平地,不用爬山的,才敢前行。谁知去了后,还是要爬的,尤其有一个好汉坡,累得不行,好在咬牙爬上去了。看美景,不能放弃!

宝峰湖更是张家界的一个神话。在 1000 多米高山之上,居然有一汪清澈见底的湖水,人们称之为"人间瑶池"。没有人知道湖水的源头在哪里。湖水两岸仍然是造型奇特的石峰,惟妙惟肖,不可思议。宝峰湖不仅有最好的山,还有最好的水。泛舟湖上,还有甜甜的土家妹为你唱歌,如果对歌对得好,还可以留下呢。

真不知道,张家界有如此之多的神奇的地方。它的景色应该是超过九寨沟的。到九寨沟只能看水,尽管水美得像人工调染一般。但张家界更是集大成者,让游人抬头看山,低头看水。美哉,张家界!

高原古寺看题字

应火箭军部队朋友小强之邀,儿子四年级那年夏天,我们一起去了趟青海。在那里,要看的除了油菜花、青海湖外,还有高原古寺——塔尔寺。印象最深的是广场上的白色如意八塔,很多人都在那里留影纪念。儿子回来完成暑假作业,给老师交差写作文,就写了篇塔尔寺游记。他还是有些自己的观察的,比如古建筑、转经筒、磕长头。特录之于下——

我参观过气势恢宏的秦始皇兵马俑,游览过散发着海滨风情的大连,但我最喜欢的还是神秘的塔尔寺。去年暑假我就有幸去了一趟塔尔寺。

历史悠久的塔尔寺位于青海省西宁市西南,是藏传佛教格鲁派六大寺院之一。寺院依山而建,被苍翠的树木环绕着。我们到达的时候,寺院没有开门,等了好久才见到它的真面目。走进寺庙的大院里,我看见许多卖吉祥物的商贩和来来往往的僧人。寺院的建筑,跟城市里的钢筋混凝土大厦有天壤之别。一根根棕色的方柱子稳稳地矗立在地上,支撑着又大又重的房顶。柱子上面还有横梁。每根横梁上都画有色彩鲜艳的图案。而最上面的屋檐翘向天空,给人一种威严的感觉。

观赏的过程中,我发现了一排转经筒。爸爸对我说:"只要转动这个,就会有好运。"听了爸爸的话，我连忙开始转起来，希望能给我们带来好运。

接下来我们沿着石板铺成的路，来到大殿。大殿里来烧香拜佛的人络绎不绝。僧人们都在虔诚地膜拜这些神灵，而游客们也在大殿前许下自己的心愿。我看见有的信徒在五体投地地磕头，而他们面前的地板竟然都磕凹下去了。这要坚持多久才能有这样的印记呀！我不禁佩服起他们的毅力来。

离开大殿，我们返回入口处，我恋恋不舍地告别了塔尔寺。直到现在，我的脑海里仍不时浮现出塔尔寺信徒虔诚的身影。

这一次前所未有的高原古寺之旅，令我记忆犹新。

其实，青海我已先后去过五次，每一次都有不同的感触。最早的时候，是二十多年前去采访核基地金银滩草原。那是一次愉快之旅，感谢中国核工业许雪梅大姐带队，小团队其乐融融，友情深深，我们转了西北部好几个建设了核工业的地方，对中国核工业有了很多了解，也做了很多宣传报道，至今让我难忘、感谢。其后，从青海西宁上青藏线采访青藏兵站部时，又游了次塔尔寺。那次正遇活佛在寺，我们专门拜会了一下，并接受他所赐予的祝福。

再其后，纯粹是陪徐贵祥兄、王积尚兄青海行。积尚兄在那边开会，我和贵祥兄坐着火车咣当咣当赶过去会合同游西北。在车上，我俩小酌、畅谈，谈文学、谈经历、谈奋斗、谈目标，并将一瓶20世纪80年代的中华玉泉酒干掉。不是"麻雀也能喝二两"，而是"花生米真能喝半斤"。其后几日青海游，顿顿饮上几杯，那是友情、乡情、兄弟情啊！记忆深刻的，还有青海湖边的油菜花黄。那花不高，环湖而生，绵延数十里，蔚为壮观。在夏季里，在那高原上有那么一抹浓烈的黄，很让人振奋。

还记得有一次去武警青海总队，闲暇之余又去了一次塔尔寺，当地武警中队接待，在广场白塔边，指导员献完哈达献美酒，我连干了三个银碗。真的是

"酒喝干,再斟满,祖国处处有亲人"。

还是那句话,每次去青海,除了必到青海湖之外,还有塔尔寺。它的地位很高,是青海和中国西北地区的佛教中心和黄教的圣地,也是黄教创始人宗喀巴的诞生地。整座寺依山叠砌,蜿蜒起伏,错落有致,气势磅礴。寺内古树参天,佛塔林立,金碧辉煌。这里由寺院、殿宇、行宫、灵塔组成的建筑群,不仅涵盖了汉宫殿与藏族建筑平顶的风格,而且把汉族三檐歇山式、藏族檐下鞭麻墙、中镶金刚时轮梵文咒和铜镜、底层镶砖的形式融为一体,和谐完美地组成一座汉藏艺术风格相结合的建筑群。

塔尔寺有最负盛名的"艺术三绝"——酥油花、壁画、堆绣。我们单说酥油花,那是藏民族独有的雕塑艺术。据导游介绍,它是用白嫩细腻的酥油为原料,调入各种矿物质颜料制作而成。大到数米亭台楼阁、菩萨金刚,小到三五厘米的花鸟虫鱼,组成了布局完整的立体画面。形式多样,造型精妙,形象逼真,栩栩如生。据说,每年正月十五,这里都要举行酥油花节,非常热闹。我们到酥油花馆,看到了几件作品,那花丛、人物色彩绚烂,每一层过渡自然天成,在佛灯辉映下,流光溢彩,气象万千。

名山大川串串烧

祖国大好河山，无限美丽风光。二十多年里，工作之余，探访了不少好山好水，虽多是走马观花，却也多以笔简记之，今与诸君分享。

滁州琅琊山

"环滁皆山也。其西南诸峰，林壑尤美。"醉翁亭，对我们来说，耳熟能详，早在中学时，即精读过欧阳修的千古名文——《醉翁亭记》，只是没有实地去探究过。那时候倒背如流的文章，如今里面的词句也多记不清了。到了那里才知道，醉翁亭地处安徽省的滁州市郊，坐落在琅琊山的半山腰上，是中国四大名亭之首。与北京先农坛的陶然亭、湖南长沙的爱晚亭、浙江杭州的湖心亭，共同构成了中国"四大名亭"。在醉翁亭，看到很多历代名人赋诗题字，文化氛围很浓。印象最深的，是有一位当代名人的书法，一看就是帖临得非常好，却没有自己的东西，这不是好书法。学书法，总要在临的基础上提高、创新一下，总要有自己的东西。

再说欧阳修，北宋庆历六年，因改革时政，被贬为滁州太守，山僧智仙为之建亭；欧阳修常醉饮于此，自号醉翁，故名曰醉翁亭。不仅如此，欧阳修也常在此办公。有诗赞曰："为政风流乐岁丰，每将公事了亭中。"可见当时人民安居乐业,世间太平,太守过着怎样悠闲快活的生活。游山玩水能办公,那才真叫牛啊!

在醉翁亭前,有几点生活遐想:

一是人要学会自嘲自夸,时褒时贬。如欧阳修,爱喝酒还年事已高,所以号称"醉翁";虽醉却又能述其文(还是传世之作),真不简单!

二是做人要快乐,须有嗜好一二,作为忙碌工作生活的调和剂。如欧阳修喜酒般,醉个一两回算个啥!

三是工作要当作生活来经营,要学会寻找乐趣。如欧阳修般,将公事了于亭中,如此之惬意!下回我也去颐和园办公!我有个哥们公司就一直在园里办公,让人羡慕。

四是做官要助民所需,想民所想,与民同乐。如欧阳修,人家都说你好!

五是要学会享受,学会生活。没事观观景儿,爬爬山,玩玩水,打打猎。如还能再写写文章,那就更棒了。

欧阳修的境界实在是高啊!

人间天堂寨

皖西金寨天堂寨,是老家门口的风景,当然要多去几次。

天堂寨,少小在家时倒没听说,这几年却火了起来。人间天堂?仅闻其名,就足以让人向往了。这里乃华东地区最后一片原始森林——号称"华东最后一块净土",AAAAA级旅游区,国家级自然保护区、国家森林公园。景区内不仅有峡谷和飞瀑,还有大别山的高峰。

天堂寨峡谷之道,悠长悠长的,每走几步都会有一处瀑布,共有五瀑吧,都取有美好的名字。"踏遍黄峨岱与庐,唯有天堂水最美。"刚巧又碰上这里下了一天雨,所以瀑布显得更为壮观。印象最深的当属海拔高88米的银弓瀑,恰似一张蓄势待发的银弓,隐藏在绿树丛中。在这里留影,人与"弓"合一,很美。天堂寨又号称"天然氧吧"，在瀑布下落的过程中产生大量的负氧离子，沁人心脾。峡谷两侧高峰可以领略到天堂寨的丰富植被，浩瀚的林海，颜色各异，富有层次，美得像是一幅幅油画。走在其间，不禁恍有游九寨沟的感觉了。

这里的景致有些像四川九寨沟，包括她的水、她的山、她的树、她的颜色等等。只是她的水还没有九寨沟的水颜色斑斓，景色还不如九寨沟那么精致。

主峰天堂寨海拔 1729 米，是大别山的第二主峰，比泰山、黄山都要高出不少。所以我们爬山也是费了不少体力。

位于高峰上，我们欣赏了奇峰怪石，各种造型都有，妙趣横生。更有意思的是，其主峰与湖北省交界，真是"一峰分两面，金寨与麻城"。上山过程中，我们星星点点地看到一些映山红，想起了"人间四月天，麻城看杜鹃"之说。麻城那边映山红还好吗？还能看到"岭上开满映山红"的景象吗？只是这里很多都被人挖回家去了。站在山顶，就可以看到湖北麻城管辖的索道。共享一山，共赏一景，很是有些奇特。不过，听说两家为争夺这个资源，也明争暗斗不少。景色是大自然的，人类为了各自的利益，总要纷纷争争的，抢来抢去！人总是这样的自私。

下得山来，还有金寨吊锅美味让我大快朵颐！因此无论如何，天堂寨还是非常值得一游的地方。

响沙湾全接触

"陪我一起看草原"，到内蒙古呼和浩特，我们先是去看草原，很美。看完草原，朋友告诉我们，大草原上还有大沙漠呢。我们立即决定去看看。

为了看沙漠，我们又来到了距离内蒙古鄂尔多斯市 N 公里的响沙湾——靠近包头了。而此时，我们是很有些疑惑的，响沙，响沙，沙子真会发出响声吗？陪同的内蒙古朋友说，如果天气燥热，沙子就会非常干，在这里滑沙肯定是能听到声响的，轰隆隆的。原来如此。看来，到响沙湾滑沙，是非常有趣的。

我们从沙漠山底部乘坐缆车到达顶端。很是奇怪,游玩沙漠也是需要坐缆车的,还真是头一次。到达沙漠山顶端才知道,什么叫真正的沙漠。此沙漠"海拔"很高,高低起伏。除了土黄色一望无际的沙子,在这里你什么都看不到。这不禁让我想起,多年前曾去过的河北天漠。当时去时,也是感觉非常新鲜,以为自己看到了沙漠……呵呵,到了现在才知道,天漠不是漠啊!

来了就疯玩吧。在响沙湾游玩,可是需要穿戴特殊装备的。首先就是护腿。因为这里的沙子非常厚,所以穿普通鞋子行走根本行不通。当地人为游客准备了五颜六色的护腿,很漂亮。关键是,穿上它,你就可以任意行走了。当然,还为游客准备了草帽、面纱、护袖等等东西,可以让你把自己包裹得只剩两只眼睛。

其实到响沙湾,除了看沙漠,真正有趣的是玩沙漠。在这里,你可以选择骑骆驼游沙漠,可以选择骑沙地摩托刺激一把,也可以三五一群地坐上沙地坦克招摇过市,当然还有滑沙。我们首先选择了沙地摩托。一人一车,疯一样地冲出去,心惊肉跳,真是刺激,完全就是坐过山车的感觉。坐在车上,转了一个弯,又转了一个弯,我以为开到沙漠尽头了,其实这沙漠简直就是无边。

后来我们又坐了沙地坦克,往沙漠更深更远的地方前行。我们感慨沙漠的深邃和神秘,在此如果没有任何交通工具,真是寸步难行。说到交通工具,自然就会想到沙漠之舟——骆驼了。只是非常遗憾,我们来响沙湾时,已经接近黄昏,等候骑骆驼的队伍还是那么长,我们只好放弃骑骆驼了。

最后就剩下滑沙的项目了。看了看滑沙场地,真是很吓人的,垂直落差至少有六七十米!我是不会退缩了。儿子早已兴奋得不得了,惊险刺激,他第一个冲下去。在滑沙的过程中,我们听见了哗哗的沙响!

响沙湾,看沙漠、玩沙漠的好地方。

泰山赏玩记

泰山离北京并不遥远，我却始终没有踏足。在一个秋季，我第一次游了泰山。

秋季的泰山层林尽染，五颜六色，斑驳多姿，美不胜收。由此让我想到，其实秋季登泰山才是最好的选择。因为泰山地处我国北方，水资源并不丰富。而水是灵动的，多在春夏观赏为佳。就此而言，泰山在那时没有丝毫优势。但是一旦到了秋天，泰山层层叠叠的枫树一下子把泰山涂抹得绚丽多彩，美得就像画。

泰山乃是历代帝王攀登最多的山，乾隆皇帝就曾 11 次登泰山，并留下不少传世墨宝。历朝历代，很多文人墨客都在这里赋诗题词，随处可见。听说泰山也是相当有灵气的山，你有什么心愿，有什么烦恼，到这里求一求、拜一拜，是非常灵验的。在泰山发生的这类故事太多了。有些事情就是这样说不清道不明，你不信都不行。

泰山之巅有座孔庙。尽管全国的孔庙有上千座之多，但这里是海拔最高的孔庙，我也去拜了拜。

泰山的天街也有些特点。它是条名副其实的商业街。据说初建时规模很小，随着来泰山的人越来越多，街市也就越来越热闹，小贩们的腰包也就越来越鼓了。只要是有人的地方，没有什么生意做不起来。

就算是没有去过泰山的人，一提到十八盘，还是有很多人知道的，可见十八盘名声在外。第一次登泰山，上山下山都是缆车代步。但心里总觉得过意不去，登泰山总得爬山吧，所以下山经过南天门时，特意走下了很长一段十八盘，然后再折回头爬上南天门。汗也出了，也感受了十八盘精华的一段。

第二次登泰山时，我是爬上去的。夜半出发登山，开始还休休闲闲、轻松自如，可是到了最后阶段，天也快亮了，太阳也快出来了，人真累得不行了，只能在很远的地方就跪拜了——跪爬前行，每登一个台阶就是巨大成功，鼓励着、拉扯着，要赶到山顶看日出。吐一口唾沫，口里竟是甜的，吐血了吗？就这样，哭着喊着、死着活着爬过十八盘，后面还有路要疾走，那就是天街，生意已经开张了，有租大衣的，有卖早点的，我们踉跄而过，终于登上了顶峰，看一轮红日，跃出东海。

读过李健吾写的《雨中登泰山》，那是最初知道泰山的美。现在看来，泰山还是值得一去的地方。

洪湖采莲去

小时候《洪湖赤卫队》电影不知道看了多少遍，记住了韩英，记住了荷花，尤其记住了《洪湖水浪打浪》那优美歌词——"洪湖水呀浪呀嘛浪打浪啊/洪湖岸边是呀嘛是家乡啊/清早船儿去呀去撒网/晚上回来鱼满舱/四处野鸭和菱藕啊/秋收满畈稻谷香/人人都说天堂美/怎比我洪湖鱼米乡"，敢与天堂相比，真是太美了！但一直忙忙碌碌地生活在北京，偶尔到北海公园、紫竹院公园看过荷花，这次来了湖北洪湖，看了洪湖的荷花，才知道什么才叫"接天莲叶无穷碧，映日荷花别样红"。

一池池，一塘塘，一片片，洪湖的荷花高低错落，一望无际。我们坐在小舟之上，划着桨，穿梭在莲叶荷花之中，尽享采莲之趣。因为距离莲蓬成熟的时期已经过去了一段时间，所以我们搜寻采莲异常辛苦。要不就是莲蓬老了，莲子硬了黑了，不能吃了；要不就是二茬莲蓬，还未成熟，莲子太小。我们只得眼观六路、机动灵活，才能有所收获。同船上的一个女孩，虽然来自东北，但她对采莲还是比较有经验，收获的几个大莲蓬都是她发现的。

欢声，笑声，飘荡在莲花间，洒落在湖水里。短短一个小时的时间，我们还是有一些收获的，上岸打道回府。洪湖莲藕真是好东西，曾是宫中贡品，如今洪湖是全国最大的湿地保护区，依旧产出很多很好的莲藕，走向全国。一路上吃着甜甜的莲子，心满意足。

魅力武当行

少年时爱看武打小说，早就知道武当派、武当功夫了得！于是，游武当是很早前就制订的出游计划，不过一拖再拖，好在最终得以成行。

武当山是中国道教圣地，明代武当山被皇帝封为"大岳""治世玄岳"，被尊为"皇室家庙"。武当山以"四大名山皆拱揖，五方仙岳共朝宗"的"五岳之冠"地位闻名于世，也是国家 AAAAA 级旅游区、国家森林公园、中国十大避暑名山。

武当山是道教名山和武当武术的发源地，被称为"亘古无双胜境，天下第一仙山"。武当武术，是中华武术的重要流派。元末明初，道士张三丰集其大成，开创武当派，其后有无数关于他的传说。

此行游武当，赶上细雨霏霏的天气。重峦叠嶂的武当山云雾缭绕，山中错落有致的道观若隐若现，俨如仙境一般，更为这座道教名山平添了几分意境。

湖北武当山景区超大，这是我没有想到的，有方圆八百里。说是如果悠闲地游山，需要五至七天的时间。我们这些游客不过是走马观花，在武当只逗留了两天一晚的时间。

武当山的制高点——金顶，海拔 1612 米之上，非常值得一看。我们遇到阴雨天气，凉风习习，冻得直打哆嗦。听导游介绍说，金顶上有很多未解之谜，比如会吐白雾的小兽、三叶虫化石等等。自己当时听得热闹，现在差不多全都忘记了。

除了金顶，南岩宫和紫霄宫是我们去的另外两个地方。南岩宫修建在悬崖峭壁上，很有北岳恒山悬空寺的味道，且规模和气势都远远超过悬空寺，令人叹为观止。

紫霄宫是国内最大的道场，所以来武当，是必然要上紫霄宫的。来到紫霄宫，果然领教到它的气势恢宏。看到很多练太极的学徒，其中有很多是碧眼金发的老外,他们在这里学得认真,一招一式,一板一眼。

武当山不仅美,不又大,而且道教文化底蕴深厚;不仅是天然大氧吧,而且是涤荡心灵的净地。如果有时间,不妨去武当山感受一下。

美食美景那人呢

人生在世，美食美景留芳名，那是最高境界。可真正古来有几人能做到呢？我追求了前两点，美食吃了不少，美景看了不少，而留下芳名非我辈所能做到。李鸿章追求一辈子想名垂青史，算是做到了吗？

翁同龢与李鸿章

蝴蝶效应，许多事总是有牵连的。正在车上看雷颐的《李鸿章与晚清四十年》一书，却不经意间到了常熟。很自然地想到李鸿章与常熟的关系：一、名联"宰相合肥天下瘦，司农常熟世间荒"，这是清末时人对时政的讥讽。宰相李鸿章是安徽合肥人，而大司农翁同龢是常熟人。此联寓意不揭自明了，不再细说。二、李鸿章声名鹊起，却是因写折子状告常熟人翁同书而写出名的，并一发不可收拾。当时，曾国藩想扳倒安徽巡抚、常熟人翁同书。那可不是一件容易的事，因为翁同书的老爸翁心存是咸丰帝和恭亲王的老师，小弟是身居朝廷要位、大名鼎鼎的翁同龢，因此搞得不好倒下的是曾自己。于是曾让几个幕僚一人写一篇备选或参考，当时李鸿章是曾的幕僚，就写出了让曾最负盛名的参折《参翁同书片》，真的就搞倒了翁同书，曾从此就对李刮目相看，并提携重用，让李平步青云，最终成为"晚清第一重臣"。

政治与经济挂钩是如此紧密。在常熟夜晚 11 点时，居然仍看到霓虹灯广告：《富春山居图》特种邮票即将首发。该邮票根据常熟籍元代画家黄公望的同名传世画作设计。这是一幅著名的画，曾被火焚烧为两段，前段收藏在浙江省博物馆，后段收藏在"台北故宫博物院"。有位领导人提了一下，两段相连即蕴含着期盼两岸统一和平的深刻寓意，立即就有邮票出来，且小地方都有宣传，让人折服。

再说常熟，隶属苏州，这里经济发达，繁荣昌盛，最多的当属宾馆、饭店，还有夜总会，宾馆有四星级宾馆，也有五星级宾馆，夜晚灯火通明，歌舞升平，一派和谐景象。其实，常熟声名远播的还有沙家浜，那里是抗日战场，一部京剧唱遍大江南北，如今"阿庆嫂"依然在歌厅里慷慨激昂、飒爽英姿，只是没人问"阿庆"哪里去了。沙家浜现在成为生态湿地，我曾去看过纪念馆，春来茶馆卖着豆腐和烧酒。

常熟有院士，有 22 名院士，是大科学家王淦昌的故乡，我曾随中国核工业集团公司宣传部门的朋友来过。后来江苏省驻京办邀请专家到江苏考察我也曾来过这里，我还和当地人说我有个常熟籍院士朋友章申，不期想那时他已去世。章申是中国科学院院士，曾任中国科学院地理所研究员兼环境科学委员会副主任、中国环境科学学会环境地学委员会主任，是常熟虞山镇人，主要从事微量元素景观地球化学和生物地球化学的科学研究。关于土壤环境，1999 年前后我曾专访过他，并联系过他的学生开展过一项土壤肥料实验，其后还有几次电话联系，日久见疏，那次到了常熟才知道他于 2002 年 9 月 3 日已在北京逝世，令人扼腕叹息！

虞山尚湖蕈油面

记得那次应江苏省驻京办事处之邀请，前往江南考察，走了多地。有很多情形现已记不清了，唯对虞山尚湖蕈油面印象颇深。在兴福寺吃早餐，那是远

第二部分 山水云天

071

近闻名的,兴福寺蕈油面已成为当地的特色名吃了。所以这次再到常熟,我就和朋友说吃早茶就去兴福寺。而这位常年住在上海的常熟朋友竟有些不知。当然,一问也就知晓了。我们睡了一个懒觉,驱车前往,到那里时已是将近10点了。

在虞山北麓山脚下的兴福寺门前,坡上坡下青瓦粉墙的老宅,隐逸在郁郁葱葱的古木竹林间。渐近兴福寺,即已感觉那个大势与排场。一个很大的场子,摆放着很多很多木桌竹椅,有几百个座位吧,由多家经营着。长廊曲折,划分出不同的小区域,但整齐划一。到处是招揽生意的。但都不是最正宗的风味,望岳楼才是。我是来过的老手,就谢绝了沿途的邀请,直奔望岳楼。在大板栗树下坐定,要了一碗蕈油面大肉排,还有一杯剑阁绿茶是肯定要上的。面是10元一碗,茶却是30元一杯的。然后我们就悠闲自在地吃起来,喝起来,聊起来。眼前这棵两人合抱粗的板栗树,枯枝中蕴藏着绿芽,已有几百年的沧桑了。

蕈油面,大概油是用蕈菌制成的,故称之。面很细长筋道。记得上次配菜较多,两盘素的,分别是盐喷刺五加嫩芽和丝香菜末;两盘荤的,分别是酱卤猪大排和熏草鱼,块如巴掌。一并添到面碗里,丰富多彩了。面20元、配菜20元、茶50元,共计90元,应属高消费了。这次,我们来得晚了些,且3月的早晨天气清冷,因此偌大的场子里,桌椅甚多而人头较少。

在这里喝茶还可自带茶叶,水位费10元,给你一壶,随意添加。我们旁边一桌几个兄弟就是自带茶叶,喝上一壶,起身离去,该是常客了。而就是这一个场院里,有擦皮鞋的、掏耳朵的、卖水果的、卖衣架的,还有算命的、看手相的。休闲的朋友有打牌的、聊天的,有专事喝茶的,还有谈事情的,应有尽有,各不相同。

面饱茶香之余,我们看着兴福寺,简单地了解了一下它的历史。据载,在佛教鼎盛的南朝齐时代,郴州刺史倪德光舍宅为寺,初名"大慈寺"。至梁大同年间拓建寺基时挖到了一块石头,清除石上泥土后,发现此石纹路左看如"兴"字,右看像"福"字,于是,这块"兴福石"便保留了下来,寺名也因而改成了"兴福寺"。

常熟风景自是一山一湖,即虞山和尚湖。

饮茶后上山。关于虞山,我始以为是西楚霸王虞姬之墓山呢,一了解,相差甚远。资料所说的是,虞山因商周之际江南先祖虞仲(即仲雍)卒葬于此而得名。虞山独峙于平原之间,主峰高仅261米,因从平原上突兀而起,显得很高。虞山有剑阁,相传是吴王练剑的地方。还有寺宇园林、名人墓葬、古人石刻分布于山麓、大石之间。

在锦江饭店前就是依山而建的虞山公园了,常熟百姓欢乐之园。上次来时就看到很多人悠闲此间,风筝飞满天,这次依然。旁边一棵大树上挂上了不少风筝,我们戏说,那是风筝树。

经济发展与民意民生

关于此公园,常熟市委书记曾接受央视采访说价值13亿,但考虑到民生民意,政府没有要这个钱。这个做法当然是对的。但细想,也没有什么值得炫耀的。政府是百姓的政府,就是应该以民生为第一要务,财政收入13亿也是百姓的财政,要公园还是要收入,当然应该是百姓说了算。

有个朋友发达了,用钢筋混凝土在城里盖了个四合院,"改善条件啊""为您好啊""照顾您方便啊",就软硬兼施地把年迈的母亲从乡下搬到城里了,没承想一个月刚过,老人家在水泥地上着实地摔了一跤而后再也没有起来。朋友追悔莫及:在乡下没有路灯,她能摸到任何一个邻居家;在乡下她摔了一跤,自己能爬起来。可是,现在,这是为她好吗?

扯得远了,不扯了。

再来说说《李鸿章与晚清四十年》一书,作者是走进奏折看世界,官场有"李鸿章模式":当官既要做事要有政绩,又要自保在恶劣的竞争环境里不被别人干掉。敢于做事而疏于自保，往往只能是轰轰烈烈昙花一现，既做不了更大更多的事，又没有什么好结果；精于自保而不做事，更只能是小人物混混而已，不会有大名堂。李鸿章则是既敢于做事、开拓创新，又精于保护自己，经营好自己的势力、维护自己的利益。

看《李鸿章与晚清四十年》期间有些悲愤！特别是看到日本将我属国琉球强占改为冲绳，李鸿章等不作为，真是义愤填膺、悲从心起！可恨、可怨而又无可奈何！李鸿章的历史，其实就是晚清帝国四十年的历史，一个人和一个帝国如此关联，可见举足轻重。李氏一生，虽勤勤恳恳做事殚精竭虑护国，但终究跳不出时代的圈子，结果"国人皆欲杀"。读李鸿章，其实就是读清朝帝国衰败没落悲凉晚景。

美食飘香，美景怡人，只是，人已千古！

最是伤心红桧木

2018 年春节，应朋友顾总之邀，在广西玉林北流过的年。北流是个县，河水北流，因此得名。在北流，却有一个意外之见，那就是看到了台湾运来的很多巨大桧木，有的原木存放，有的已做成条桌椅凳。这让我想起台湾之行和阿里山参天红桧来。

在祖国宝岛台湾，从高雄到嘉义阿里山，三个多小时的县级公路，若不是偶有的几个繁体字路标闪过，感觉就像行驶在老家的路上一样。那山，那水，那风景，那偶露出的村落和看到的村民，特别是路边爬着的几条黑狗，熟悉、亲切得如家乡的一切。

小时候听过一首歌，就知道阿里山，知道阿里山高山常青、涧水常蓝，知道阿里山的姑娘美如水，阿里山的少年壮如山。如今去了阿里山，少年、姑娘倒没有更多留意，只是阿里山最具有代表性的红桧才给我真正的震撼！

在台湾，红桧又尊称为"神木"，是有点像古扁柏的一种大树。

据导游阿威说，在林海茫茫的阿里山上，有一株高 57 米、胸径 6.5 米的巨大红桧，树龄约有三千年，真是"树精""树神"了，它的材积量有 504 立方米，相当于几百平方米 30 多年生杉木林的木材蓄积量。还有一株被称为"大雪山二号"的神木，树高 55 米，胸围 22.7 米，树干中有一个大洞，洞内可放得下一顶供四人住的帐篷，可以在里面生活了。特别是还有一棵光武桧，树高45米，胸围12.3米，是汉光武年间的树，如今树龄也已超过两千年了。光武桧又把大陆和台湾关联起来了，两岸自古是一家啊。看到阿里山红桧，又想起曾经去看过的曲阜孔庙"孔子手植桧"，文载"此桧日茂则孔氏日兴"。光武桧、孔庙桧，打断骨头连着筋，人如此，树亦如此啊。

阿威是个好导游，旅游知识广博自不待说，历史、人文、风俗、两岸政治都知道一些，为人还热情、客气，一切安排具体、周到，带我们看了反映台湾军营生活的电影，蒋介石、蒋经国在台湾和张学良口述历史的影录，让人感到舒适、温暖。

阿威说，阿里山红桧，有着一段非常悲催的历史。

1895年甲午中日战争后，日本人无耻地占领了台湾。1902年，日本派生物学博士琴山河合到台湾调查资源。在阿里山，琴山河合发现了珍贵的千年红桧树。红桧木，木质坚硬绵密，是构建宫殿、神社最好的材料。这个没有德行的日本科学家如获至宝，首先想到的就是盗伐运回日本。可是高山无路，草木丛生，巨大红桧木根本运不到山下。他便规划修一条盘山铁道运树。

强盗也是有耐心的。从1906年到1913年历时七年，日本人修建了一条总长70多公里的铁路。从此，疯狂、野蛮地砍伐全面开始了。从1913年开始盗伐到1945年鬼子投降的三十多年间，日本人从这里掠走千年红桧30多万棵，阿里山古树几乎被洗劫一空。据说，臭名昭著的靖国神社梁柱用材，就是用的阿里山"神木"。

强盗的行径永远是天理不容、让人痛心疾首的。他们根本不考虑间伐，而是成片成片地毁灭性砍伐；同时，把别人的财富肆意践踏，一点也不珍惜地随意砍伐，因此留下很多高高的树桩。真是暴殄天物！

树根遍野，满目疮痍，让人痛恨惊心！疯了的日本人掠夺中国资源，在阿里山留下深深的疤痕。行走间所见的一座座巨桧树桩，是一堆堆遗骸罪证，那树洞是愤怒的眼，那红的颜色是流出的血。

蒋介石还是重视珍贵资源和生态环境的。1945年,蒋介石到台湾后立即禁止砍伐,并开始加大保护力度,却也只剩下几十棵巨桧了。没办法,又引进树种补栽水杉。只是树虽相似,而叶不同,红桧是柏状叶,而水杉是针状叶。

导游阿威说,当下巨桧还剩下56棵。难道是代表中华56个民族吗?后来才知道,那是导游故意逗我们开心的。真正劫后余生的阿里山古桧,只剩下30余棵了,成为珍贵的大自然文物.已被逐一编号标记,植入芯片定位,全天候监控防止盗伐。而当年,它们有的长在峰顶深沟不便砍伐,有的枝杈弯曲日本人看不上眼,才能够幸免于难,得以保存至今,这也正如《庄子人世间》里所说的"散木"吧,"以其不才,无所可用,故能若是之寿"。否则早被那帮歹人砍伐一空,而让巨桧成为一个虚无的概念了。

红桧犹如中华文化没有断流过一样,正如有一处亮点让每个游者驻足:不同年代的红桧根桩相互依偎,竟生发出第二代、第三代红桧新树来,彰显了源源不断、生死传承之意。

春节到广西北流,有一处博物馆介绍了很多台湾文化,竟有很多来自阿里山的桧木,或巨型整木,或打造长桌,量多木大,竟不知如何得来。在台湾,桧木不是早已保护、禁伐了吗?

再回到阿里山,纵然遭到日本人的如此破坏,如今依旧风景如画。行走在阿里山上,古树参天,枝繁叶茂,微风轻送。鸟鸣林梢,溪流山涧,山光树影,真是让人忘峰息心、窥谷忘返。日月潭水,被环抱在巨树之间,静如一块碧玉,又似千年睡美人,倦倦地向人类展示着它的独特之美,让人爱怜。

与随处可见的高高树桩一起,还有依然运行的小火车、如耻辱柱静立在那里的墓碑铭文,都是日本人疯狂掠夺的罪恶证据。特别是日本人立的旌功碑,那博士的"博"无点,那"功"字右边"力"字没有出头,据说是被迫刻石的中国匠人故意所为,暗喻琴山河合是无德博士,不但无功,还应该给他一刀!这就是民意,中华民意!我还拍了一张巨大红桧树桩照片,直到今天还作为手机屏保,每次看到都会心痛。

随处可见徽文化

没有安徽人朱棣北上,就没有真正的大北京;没有 200 多年前的徽班进京,就没有国粹京剧;没有徽商胡雪岩,就没有清末一段昌盛的历史,这些都是曾经辉煌的历史。如今,在北京随处可见徽菜馆、徽派建筑和诸多徽文化元素。今天的徽州,也依然有她传统的留存,并赋予时代的艳丽,如婺源晓起,西递、宏村,徽州龙川,都是最重要的代表。

融入晓起村落里

4 月底,我前往皖南,来到晓起这个美丽的村庄。说它美丽,是因为它如诗如画,古朴典雅。没有张扬的风景,却处处流露出一种恬静的乡韵。

晓起,让人感受到的是一种从未感受过的内容。弯弯曲曲的小巷,大青石板的驿道,千年的古樟树,全国首屈一指。这里还有涓涓的小溪,停靠在水边的竹筏子,高大威严的徽式建筑,马头墙……还有清明刚过的新茶。

在晓起,你能看到如何用手工炒茶。一个很大的铁锅,烧得很热,放入二三两茶叶,全靠双手在锅里翻腾、炒茶。这炒茶完全是手艺活,不是三两下功夫就能学会的。除了炒茶,在这里还有人教你如何泡茶、品茗。

此行收获不小。在此基础上,儿子 10 岁时曾写了篇沏茶的作文,观察得很仔细，描写得很生动——

今天，语文老师给我们讲了神农氏尝百草无意中发现了茶叶的故事，还说让我们体验一次如何泡茶。我心想，作文课上能沏茶，真有些太让人期待了。

这时老师拿出了事先准备好的茶叶。茶叶装在一个精致的小铁盒里。我忍不住凑近了去观看，只见这没泡过的茶叶是深绿色的，当然颜色有深有浅。一片片茶叶又干又硬，而且蜷曲在一起，像干扁的海草，又像没睡醒的娃娃。接下来，老师把茶叶往杯子里倒。茶叶争先恐后地蹦进杯子里，发出欢快的沙沙声。

正当老师要倒水泡茶时，我恳切地说："老师，让我来倒一次吧！"老师欣然答应了。于是，我小心翼翼地把水缓缓地倒进杯子里。一片片茶叶顿时在水中翻腾，像一只只快活的小鱼在水中嬉戏，又像一条条小船在水中行驶。茶叶一会儿向上浮一会儿向下沉，有的还在水中打着旋儿，真像是一场水底狂欢。

过了一会儿，我惊奇地发现，原本又干又扁的茶叶在热水的作用下舒展开了自己的身体，恢复了原本的嫩绿。而茶汤也变成了淡黄色，晶莹透亮。我揭开盖，一股淡淡的清香扑鼻而来。轻轻品上一口，又甜又苦，一下子令人神清气爽。就这样，一杯清香宜人的绿茶就新鲜出炉了。

老师问我："你知不知道，这茶叶要经过多少道工序才能做好呢？"

我想了一想，说："要采茶、炒茶、包装，最后才能卖出去。"

"这么一杯茶来得可真不容易啊！"老师说。

"对，我要把这杯香茶献给付出辛劳的妈妈和老师。"我顺着说。

这真是一次"苦中带甜'的沏茶体验啊！

再说晓起，这个名字的由来，还有一个美丽的传说。那是唐天宝年间某一天破晓时分，外地农民汪万武逃避战乱至此，看到此地背山面溪，树木茂盛，荫蔽子孙，风水极佳，于是，立即勘址破土，兴建宅院定居，故名"晓起"。这古人歪打正着，误打误撞，竟然走进了今天的人间天堂。

其实，晓起之行的收获和乐趣，还不仅限于此。为了能够彻头彻尾地感受这种最清新自然的田园风光，感受人与自然的和谐、干脆，午饭就在小溪边进行。

我们来到当地人的家中，现杀一个土鸡炖上，再准备两个当地小菜，就这么着，任溪水在旁边哗哗地流淌，享受了一顿最惬意、最放松的丰盛午餐。

告别了晓起，仍然是几步一回头，她的美让人流连忘返。其实，晓起的美，根本无法用语言来描绘。只有你亲历了，目睹了，才能在心底默默地感受和品味。

宏村两湖好庄园

也许你并不了解，在 20 世纪甚至以前更长的时间内，中国最富有的人群并不是沿海地区，而是徽商和晋商。其中尤以徽商创造的经济文化最为突出。古徽州不仅山川秀丽，文风昌盛，民间习俗也自成一体。走近徽州，步入那由白墙青瓦、高低错落的马头墙，精美的雕刻和让人遐思无限的天井组成的徽州民居，让人仿佛走进了梦中的故园，回到过往的淳朴岁月。

看了黟县宏村和徽州龙川两个景点，眼福大饱，收获颇丰。真有"不看不知道，徽州真奇妙"的感觉了。

黟县宏村是距离屯溪 65 公里里的一个偏僻小村，也许是深藏群山之中、远离现代文明的缘故，这个始建于南宋绍熙年间，有着八百多年历史的古村，迄今仍然保留着许多古徽州建筑。一进宏村，就被眼前如画的风景迷住了。这里群山如抱、蓝天碧水，丹枫掩映中，白墙青瓦的徽州民居鳞次栉比，整个古村落就像一幅诗意盎然的中国画一般。吸引了不计其数的美院学子前来写生作画。

在宏村,有两个湖泊。这南湖听说是仿照杭州西湖的平湖秋月所建。还有一个更小的湖泊奇绝,整个湖泊呈月牙状,所以起名月塘,又叫月沼。宏村正是因为有了南湖和月塘,才显得这般生动而精妙。环绕月塘的徽州民居,曾是一张八分钱邮票的原景所在地。我们看了,发现果然不同凡响。

其实,南湖和月塘不仅是宏村风景的点睛之处,更是宏村结构布局的关键。村落借南湖和月塘之水形成牛形,所以宏村又有"牛形村"的别称。很多人只知道宏村以众多的明清徽州建筑和如画美景而著称,但不知宏村的价值更在于它独特的牛形村落布局。

在导游的带领下,我们仔细地在宏村转了一圈,才慢慢发现,西头的雷岗宛如"牛头",前后四座桥梁恰似"牛腿",村中数百幢明清建筑如同"牛身"盘踞,一条一米宽、千米长的清澈溪流如同"牛肠"环绕全村,月塘和南湖分别是"牛胃"和"牛肚",整个村落就像一头昂首奋蹄的大水牛,真是建筑史上的一大奇观,令人叫绝。

在一个偏僻小村落中,竟蕴藏着如此深厚特有的徽派艺术魅力,让人不禁心里萌生了一种挥之不去的对古徽州文化的喜爱之情……

龙川有家"丁"字户

龙川,一个很有意境的名字,让人听了就不会忘记。这里也是一个小村落,因为村东有座龙须山,村西有座凤山,村中又有一条小溪穿村而过,所以称为龙川。龙川,山川秀丽,壮观奇伟。东西南北、山水相连,聚天地之灵,有人文之杰,乃风水宝地。就在这里,历史上曾出过二十多位进士举人、两位尚书。

龙川的居民基本上都姓胡。他们的共同祖先是东晋时候的胡焱。胡氏宗祠的选址还有个非常有趣的故事哩。据传有一风水大师曾言:"龙川位于东龙西凤之间,在风水学上讲乃是龙凤呈祥的绝佳宝地;登高鸟瞰,整个村貌又呈船形,颇具龙舟出海之势。可惜你们全村人清一色的都姓胡,在绩溪方言里,'胡'与'浮'谐音,龙船就不稳了,在大海里就无法停航靠港;要想船稳,并靠得岸,就必须有铁锚,你们村出的人才更有大的作为。铁锚是'丁'字形的,必须得找一户姓丁的人家搬来龙川居住,但也不能多,铁锚多了船是要沉的。"

于是,人们就请来一户姓丁的夫妻。说来也怪,丁姓人家在这里已经过去了二十四代,代代皆是单传。为了褒奖丁家对胡氏宗族的贡献,就在胡氏宗祠东侧为他们盖了一座副祠——丁家祠,而且地面比胡氏宗祠高一些,以表示对丁家的尊重,只是规模要比胡氏宗祠小得多、矮得多。尊卑有序,各守其道,充满和谐安详的意味。

在龙川,我们先看到一座雕刻精美的仿木结构的四柱三间五楼的大石牌坊——奕世尚书坊。是胡氏宗人为了旌表村里走出的两位尚书胡富、胡宗宪而立的。牌坊建筑雄伟,给人一种稳重大方、傲然挺拔的审美快感。

走不远,就看到龙川胡氏宗祠了。它坐北朝南,前后三进,由影壁、平台、门楼、庭院、廊庑、尚堂、厢房、寝室、特祭祠等九大部分组成。宗祠采用中轴线东西对称布局的建筑手法,风格古朴典雅,是典型的徽派建筑。气势磅礴,蔚为壮观。

胡氏宗祠的木雕也是首屈一指的。分布于门楼、正厅落地窗门、梁钩梁托和后进窗门等,均以龙凤吉祥、历史戏文、山水花鸟、优美境地等画面为立意构图。花雕采用浮雕、镂空雕和线刻相结合的技艺手法,图案活灵活现、栩栩如生。

在宗祠,我们还看到龙川世系图,从始祖胡炎起,经一千六百多年,传至当今的"锦"字辈,计历四十八世。其中可见徽商胡炳衡。胡炳衡乃胡锦涛的祖父。

在龙川匆匆一个多小时的游览,让我们感受着人文景观与自然景观的珠联璧合,浑然天成,一步一景,如诗如画……

鲜花岭上

"夜半三更哟盼天明,寒冬借月哟盼春风,若要盼得哟红军来,岭上开遍哟映山红。"

记得读书时上音乐课,学习中国民歌,一下就喜欢上了这首如泣如诉却满怀憧憬的红歌《映山红》。以后,每次听到这首歌时,都会怦然心动,都会听得如痴如醉。听宋祖英的版本,享受学院派经典完美;而听一个四川歌手的改编版,我常常泪流满面。

现在想来,上师范那时候基本上学会了全部中国经典民歌,如《茉莉花》《小河流水》《摘石榴》等,还有《十送红军》《长征组歌》,不过大多都只是会唱,其历史背景、歌曲出处等知识却记住得不多。

1990年春季,我在大别山麓一所乡村中学教书,校团委组织学生春游,我是带队老师之一。

那是一个周六的早晨,我们起得很早,出发得也很早,一辆旅游大巴,载着40多名青春少年,欢歌笑语一路春风,去了大别山金寨县鲜花岭、梅山湖,看到了漫山遍野映山红。这是我第一次来这里,正是身临其境,才真正感受到《映山红》歌词之美、旋律之美、意境之美。

鲜花岭,好美的名字!

鲜花岭上鲜花开。五月，这里是花的海洋。雪梨花、野杏花、山桃花竞相开放，而以映山红、兰草花最为代表。这映山红也叫杜鹃花，她们不是一枝独秀的惊喜，而是大片、大片的灌木簇拥，一个山坡全是，另一个山坡也全是，让人目眩不已。你的前面、后面，左边、右边全是映山红，伸手可及，你就这样被包裹在映山红丛中、包裹在花海中。这映山红，红的浓烈似火、粉的轻抹似霞，还有白的、紫的，夸张、浓烈，非你亲见，你绝对不敢相信，有这么多的映山红、有这么多种颜色的映山红。

鲜花岭是一个地名，在金寨县麻埠镇。那时候，这里是一个世外桃源。山清水秀，鲜花绽放，空气清新。我们去时，也见到一辆辆大巴满载客人前往旅游，有来自合肥的、南京的、苏州的，还有远自上海的；有工厂、单位组织的，也有旅行社开发线路张罗的。而当地正在全力推广、宣传，希望这里成为旅游热点。

下午下山时，旅游车也是一辆接着一辆，而那车里已成为花车。人们太爱映山红了，面对漫山遍野的野花映山红，肆意采摘。你看，男女老少，头戴映山红编织的花帽，手拿、怀抱着大大的映山红花束，行李架上放满映山红花枝，满车映山红膨胀着以致伸出车窗外，车顶上还捆绑着一堆映山红花树。

只是这对大自然糟蹋地采摘，让人心痛。这样疯狂性地掠夺，大自然能承受几时？幼儿园时，老师就告诉孩子，不要采花摘枝，要把美留下来给大家欣赏，成为大美；而成人了，人也就自私了，更多地要把美独自拥有，成为小美。其实，这样也就没有美了。

2018 年 5 月，我从北京再来鲜花岭，鲜花岭上已是无花开！

来之前，我和一行北京朋友夸口说，那漫山遍野映山红，璀璨美丽，是你一生所未见，绝对震撼！

来到后，却不见了漫山遍野的映山红，让我非常震撼！只在高山陡崖处、杂树荆棘中，偶尔伸出一枝半星的映山红来，让人惊喜不已："看，那里有映山红。"于是，驻足半天，观赏拍照，大赞其美。

再往山上走，也是如此。哪怕走上了天堂寨主峰，也是如此，漫山遍野映山红，已成记忆，再也没有了。

那大美映山红呢？

已过中午，带着遗憾、失望，半着些饥饿，我们步履沉重地往山下走去。

快到山脚时，有很多吃饭的地方，也有很多人在路边招揽生意："来吃正宗的土菜吧，我们这里还有映山红看。"随便挑了一家，进去一看，果然有映山红看，而且还较多，院中栽有几簇，而庭院四周摆放着很多盆景，都是五颜六色的映山红。老板娘说："以前漫山遍野的都是，现在都给各家各户挖回来了。在院子里好看。"

我没法和她说，在山野里好看，还是在庭院里好看。只是这大自然的映山红，已成为他们招揽生意的法宝了。

下午再往山下走，来到了叶集区的一片梨园。听老板介绍，这梨树如何私人认领，一棵树一年能结几十斤梨子，大的有半斤八两，花一百元半年有梨吃。于是朋友邓总认领了几棵树。梨园转了转后，我们到梨园管理中心晚餐。

进了梨场院内，又见满院灿烂的映山红。

这是一个很大的院子，院子中央有一个长方形的景区，很成规模，其间栽种的全是映山红，红的、白的、紫的、粉的都有。老板也很自豪地说："我们这里的映山红品种最多，也是周边庭院映山红最多、面积最大的。"

确实，我在这里看到了很多的映山红，有点像20多年前看到的映山红，但一点也找不到那时候看映山红的感觉。

唉，我可怜的鲜花岭！已名不符实的鲜花岭！

著名军旅作家、中国作协副主席徐贵祥也多次到鲜花岭采风。当地朋友设席招待，黑毛猪肉下老酒。三五老友推杯换盏之后，贵祥兄喝得快活，当即站起，有话要说。他常说自己立起来是一杆枪高。我查了一下，最长的步枪加枪刺也还不到一米六五，他一米八几的个子，挺直了，立如松，远高于一杆枪。

　　贵祥兄左手拿着筷子，右手端着酒壶，红光满面地宣布："各位！招待得很好，喝得高兴。我现场作打油诗一首：千里迢迢来吃猪，其实为写一本书，红旗飘啊飘起来，写不出书我是猪。"话一说完，立马招来一片掌声和喝彩声。前不久，他创作发表了中篇小说《鲜花岭上鲜花开》。他还答应安徽文艺出版社姜编辑，写个同名长篇小说，交由安徽文艺出版社出版。最近，他创作完成了一部长篇小说《穿插》，期待早日拜读他的大作。

　　只是，我知道，他的鲜花岭上鲜花开，也只是一个记忆了。

梅山湖的故事

皖西金寨大别山腹地有座梅山水库,我更愿意叫她梅山湖。

梅山水库在皖西声名在外,其地处淮河支流的史河上游。想当年,在"一定要把淮河治好"的号召下,五大水库应运而生,梅山水库就是其中之一———一个以防洪、灌溉为主的国家大型水利水电工程,也成了家乡一个靓丽的风景点。

老家常说:走千走万,不如淮河两岸,说得是淮河儿女对家乡的眷恋。淮河流域梅山水库、淠史河流淌下来的水,才是家乡水,那是儿时的记忆,永远的乡愁。

梅山水库是我们饮用水的源头,也是我们浇灌农作物的水源地,她流淌的河道更是我们童年的水上乐园。河里放水的时候,我们凫水、扎猛子、打水仗、给牛泡澡;河里不再放水的时候,我们在浅水里摸鱼捉鳖,特别是拦坝戽鱼,更是要忙活半天的,虽也很累,却乐得屁颠屁颠的。以致一辈子都不会忘记。

想想,我曾三次游过梅山水库。

前不久回老家,一个当年的学生,过去了二十八年了,竟然联系上了我,关键是还给我发来了两张当年的照片,1990 年春游金寨梅山的师生合影照片。那是我第一次游梅山水库。当年五一节,我和余学洲等几位同事,带着四十多位学生,租了一辆大巴前往金寨一日游,早出晚归。第一次带学生出远门,颇有些

"雄起起气昂昂"之兴奋,看满山遍野映山红,看碧波荡漾清澈水。那次去了以后才知道她美丽的来由——史河的峭壁上,岩石裂纹如朵朵梅花,故称"梅山";也知道了,她前期有苏联专家参与,后来是中国人自己造的连拱坝,坝高近百米,全长近一里,有着强烈的苏联风格,当地有"世界第一高坝"之称。带着众多弟子,我们站在高高的大坝上面,看着气势磅礴、雄伟壮观、接天连地、浩浩荡荡的远山近水,很豪迈,很激动!回到学校,作为语文老师,我当然还是给他们布置了一篇《春游梅山》作文。不爱写作文的学生和我开玩笑说:"真是玩时开心,玩后痛苦。"当然,他们也都没写出经典来,因为没有一篇我印象深刻的,也没有一篇留存到了今天。现在想,假如当年我要写这篇命题作文,会写成啥样呢?肯定要讲高度,主旋律是金寨革命老区将军县,这里人杰地灵,风景如画,烈士的鲜血浸染了红色的映山红,梅山水库造福人民,为中国革命和社会主义建设做出重大贡献。要有一个华丽的开头,还要有一个高扬的尾巴。春游首先是爱国主义教育,其次才是大好河山风景美丽欣赏。作为老师,都是这样教育学生的。

再看看在梅山水库大坝下合影的那老照片,山里农村中学没有校服,衣服有长有短随意穿着,学生也高矮不一无序而立,个个都是人瘦毛长,没出过门,没见过世面,像也照得少,竟然没有一个笑容满面的,都是使劲地抿着嘴、瞪着眼,一脸严肃,完全一群落难逃荒之形象。想想也真是心里落泪,要知道那都是十二三岁的孩子呀,居然都没有俏皮、活泼和一丝笑容,这要紧张、压抑到何等程度。

那时候,我体重110斤,瘦如螳螂。不过,在老照片中也能看得出个性鲜明。

时间过得飞快!没想到再到梅山水库,已是二十年后的2010年春节前夕了。

应朋友吴总之邀,我们前往大别山深处金寨槐树湾乡农村过春节。谁知老天突降大雪,把前往的道路全部封冻了。怎么办?天将黄昏,前来接应的德俊想了个办法,陆路不通,走水路吧,槐树湾乡在梅山水库的上游山边,从梅山水库坐快艇上去。时间紧迫,我们带上行李,走过崎岖不平的小道,又是一阵爬坡登阶,冲到了水库高台。此时天有余亮,当时想坐快艇上去也是很简单的事,没有什么问题,就对眼前风光略做了欣赏:在白雪皑皑的两山之间,大坝静卧其间,连拱接垛,巍峨壮观;高峡平湖,湖面宛若一个巨大的碧玉,望不到边;群山连绵起伏,山峰与天幕连成一体,真不知道这山有多大、多远。自然想起二十年前,我在几十公里之外一所乡村中学当老师,带着学生来此春游。如今物是人非,一切都有巨大改变,也算衣锦还乡,不禁感慨万千。用手机匆忙拍了几张山水美景,便急着跑下大坝去登快艇。

也没有什么正规码头,在片石嶙峋间找着脚位,连拉带扯大家都上了快艇,加上船老大,一共7个人。听从船老大安排,我们各自坐好位子。船老大让大家穿上救生衣,我们却没有多少反应。他也没多坚持,戴着大墨镜,松拔挺立,嘟囔了一句,快艇就开始风驰电掣地飞了出去。

快艇昂着头,在梅山水库偌大的水域逆风而上。刚降完暴雪,又过了下午六点,天色阴沉,隆冬深山,四周寂静、寒冷!我和德俊并坐在船头,刚开出几米,寒风就像刀子一样割过来,这时我才想明白船老大嘟囔的可能是"等会你们就知道厉害了"!连忙将身子缩成一团,佝偻着抵御。

冷风吹得头皮发麻,拔凉拔凉的,像一根根生拔头发那般疼痛。德俊将救生衣递过来,我连忙遮挡在前面。回头一看,只见大家都是如此,各自裹紧自己的衣服缩成一团,像刺猬迎接狗牙一样抵御着极其寒冷的风刀。船老大依然戴着大墨镜站在最后,傲风迎雪,掌舵行船,岿然屹立。

艇速极快,风道更大,对面说话要想听清都得大声喊叫。好在船老大说我们半小时后就到了,心里踏实了许多,想咬咬牙也就扛过去了,才敢稍稍伸出头来,侧眼四周山水的景象。

水面实在太大，前面望不到尽头。快艇疾驶在墨绿的水面上，溅起冰冷冰冷的水花，却是雪白雪白的。两岸群山连绵、冰天雪地，没见到有山里有人行动，只看到那老树杆扯挂着细而不断的电线，我知道深山之处必有人家。近岸是黑色巨石不成规则的斜卧着，大多是光秃秃的，偶也有两棵大树倒下探向水面。偶也有水鸟孤独地叫过两声，一飞而过，消失在暮霭中。

天色渐渐地暗下来了，两岸的景色已被黑暗吞没，微光照着我们继续飞进。此时心里想的是不知道还有多远，尽早到达上岸吧。

湖天无色，四周完全黑暗无光。一船人都不说话，只听见哗哗的快艇搅水的声音。没有鸡鸣狗叫，没有人声喧哗，山谷寂静无声。一切寂静无声。

突然，船老大打破寂静："坏了，有网箱。"这一说，大家顿时心生恐慌。什么情况？怎么办？船老大说主航道长八十多公里可通客轮，过了主航道区就是养鱼区了，有六万多平方米区域呢。他最担心快艇的舵被渔网缠住，艇翻或动弹不得。那将怎么办？湖水可是寒冷刺骨且深不可测啊！

所谓网箱，就是网箱养鱼，库区人用渔网将一片水域围起来进行人工养鱼。快艇是绝不能撞上网箱之网的，否则，一是有快艇自身被缠翻的危险，二是有网破鱼跑，造成巨大经济损失的危险。于是，我们抓紧用手机联系，问岸上知情者到底有多少道网绳（两岸间拉扯渔网的绳子），什么地方有网箱。回话说总共只有三道网绳。借助手机打开后微弱的光亮，熄灭发动机，将舵尾抬起，快艇滑过网绳，我们继续前进。

此时艇速不敢再快起来，怕撞上第二道网绳和网箱。为了能发现第二道网绳，黑影中我们都努力张大双眼，搜索着水面上的暗白色圆球浮标。此时，连船老大也摘下了他黑黑的墨镜，紧张地张望着。

寒冷、饥饿和更多的恐慌，都渐渐袭来。

"注意！有网绳！"黑暗中有人喊起来。还真是发现了第二道网绳，于是，快艇小心翼翼地避开网箱，鱼行旧路，再次滑过。

再往前行,愈加艰难,眼前黑漆漆的,什么也看不见!偶有灯光闪现的地方,拼命喊叫也没有人回应。快艇缓慢地向前滑行,不敢有一丝大意。总结前两道网绳的经验,有网箱的地方会有一丝弱光的。于是,黑暗的水面上我们发现了第三道网绳。但船老大左边荡荡、右边荡荡,就是找不到滑过网绳的地方。"都有网箱,不敢滑过。"船老大不敢,也不愿再前行了。"前面就快到了。"无论德俊和其他人怎么劝,船老大就是不再前进了,还嘟囔着:"快没有油了,回头都开不回去了。"这让人更加害怕。而恰恰在这个区域手机也没有了信号。一切让人绝望!

快艇熄灭了火,随意飘荡在水面上。此时真是进退无路。眼前的漆黑一片,让我想起小时候作文经常爱写的"伸手看不见五指,张嘴见不到牙"之句。惊魂、恐惧,浓烈地袭上每个人的心头。

"靠边吧,我上岸找人引导,借一个矿灯。"德俊反复说,船老大过了好一会才往回开了开,想找个能靠岸的地方。可是,岸边在白雪覆盖下都是巨石陡坡,船老大又怕有网箱而不愿轻易近岸,因此就在那磨蹭着,让人又怕又急又无可奈何。甚至有人要哭起来。

突然,黑暗中一声尖锐而响亮地呼叫从山谷传来,德俊连忙回应。接我们的人来了!有救了!大家都兴奋起来,欢呼雀跃,那情景真是像失散的孩子见到了娘。儿子也兴奋起来,叽叽喳喳说个不停。自此,在梅山水库惊魂两小时的历程宣告结束。在接应者的引导和手电灯光、火把的照射下,我们顺利靠岸。让船老大上岸今晚住在山里,他执意不肯,还是掉转快艇回去了。真是难为他了!

原来,吴总晚上六点就在山上等着我们上岸。湖上发生这么多变数我们迟迟未到,最后他们只得冲下山来接应我们。

黑夜,梅山水库,我们惊魂两个小时!

如果说第一次是春游梅山水库,第二次是惊魂梅山水库,那么第三次,是真正的闲游梅山水库了。

2017 年之春的一天，在我的"美如天堂"描述下，华夏人寿保险北京朝阳公司辛总一行五十多人前往金寨，爬了华东最后一块净土天堂寨，吃了富有地方特色的吊锅菜，酒足饭饱，下午四点，我们坐上游船，畅游梅山水库。一群人观山看水，有说有笑，轻松自如。

水面向深山里延伸，长达八十公里。导游沿途不停介绍着九王寨、梳妆台、青蛙石、鸟岛、蛇岛等景点，星罗棋布，各具特色；还讲着出生在这里、曾任中共领导人王明的故事。大船向山水深处驶去，太阳也跟着往山里，大船划出雪白的浪花，感觉却是暖暖的。那种状态，应该是对这片美好山水的满足，也是对当下悠闲人生的满足。

湖光山色，林壑优美。如今，她已不再完全是水库功能，更是风光旖旎的自然风景，一个美丽的大湖——我叫她梅山湖。

我爱梅山湖！

第三部分　成长时光

忆及少年读书事

人生是很苦的，也是很累的。好在这苦、这累也是个常数。唯苦过，方知甜；唯累过，方知闲。

少年时代，生存、生长在皖西偏僻的小乡村。现在想想，准确地说只能是活着，因为生活质量太差，活得实在是很苦、很累。都说少年无忧无虑快乐长大，那说的是别人，我之少年真是快乐少，更多的是忧虑交加，没吃没喝没玩具，还没有读物。除了学习好点外，真是其他什么都没有。吃得不好且不说，饥饿断粮在青黄不接时也时有发生。印象很深的是，母亲经常向邻居、亲戚们借粮、借钱，你都不可想象的是，甚至借油、借盐，空空而回那也是常有的事。感谢邻居、亲戚们，大多时还能借给我们一盆面、几碗米来。

有很多事，因为深刻，记忆一生。

记得小升初那次，考试要到乡里初级中学考，要带午餐。而那天家里实在是没有任何吃的了，母亲一大早就出去，要将新麦磨成面粉，可我还是等不及了，只好空手而去。哪像现在考个试，大人考虑好、安排好一切并陪同前往。我找同学张有富一块前往。到了中午，张有富多带了两个馒头支援了我一下。我就着凉水，填了填肚子。

那时，衣服缝缝补补是常有的事，再正常不过了。盼过年，穿新衣。可过年似乎也没有什么新衣添补。记得偶有一件蓝布上衣，布料还太差，太阳一晒掉色严重。为了心底那点可怜的体面，我还为那件衣服被晾在太阳下直晒而大为抱怨。恰逢有位邻居在院子里干木活，他大概感觉这报怨有些莫名其妙，而盯了我很久。现在想来，那眼光很毒，直刺破我虚荣的脸面而刺进我的心脏来，让我痛及终生！

除了黄泥炮、玩打仗，那时的我是没有任何玩具的。

更要命的是，识了几个字，却特别喜欢读书。可哪里又有呢？于是，所有有字的纸片都不予放过，仔仔细细地读，包括贴在墙上的告示、包裹糖果的报纸，甚至厕所里别人用过的纸片——那时候，乡下人擦屁股除了稻草、泥块，用旧书废报纸的也不多。偶尔能借来同学的连环画、故事集或杂志小说类，那是欢欣不已的。因为别人等着要你还，也因为自己喜欢一口气读下去，养成了我看书速度极快的习惯，那真是一目十行，会在第一时间就把书的内容全部读完。

《创业史》《林海雪原》都是只有一夜借阅权的。别的同学给了个机会，下午放学借给我，回家开看，直看到夜色降临，眼睛贴在书上实在看不清了，再进屋挑灯夜看，一看就是一夜，直到东方泛白。现在想想，小屁孩不睡觉不困吗？第二天还要上课呢。当然，这样的机会也是极少，因为借不到书。

那时候特别喜欢上学，一堂课都不愿意落下。生病也好，下雨也好，都是坚持上学的。现在想，可能潜意识里是因为成绩好些，只能在这方面找点尊严吧。记得有几次下着大雨，没有雨具，我义无反顾地一头冲进雨里，唱着《学习雷锋好榜样》的歌，蹦蹦跳跳地跑去了学校。再者是，每一开学，都有新书领回，我一天时间里，会把一学期的语文课本看完。初中时，我也是第一时间就把哥哥的高中语文新课本看完。

偶尔，也去镇上的新华书店，只能隔着柜台眼巴巴地看看，实在买不起。那时的书店不像现在，开放式的，不买也可以看。那时是你不买，摸都不让你摸。记得当时最大的心愿就是，这新华书店的书要都是我的就好了，我要看它五百年！有时想要能在新华书店工作多好啊，天天有书看。后来再大些，看到邮局能订阅报纸杂志，就又想，以后要能在邮局工作多好啊，天天都有报纸杂志看。

记得初一时有一次自习，班主任坐在讲台上拿着报夹看报，我坐在第一排，早早地做完了作业，就仰起头偷偷地看他翻折过来的报。没承想让他发现，木头的报夹裹着报纸，劈头盖脸地向我砸来，伤没伤着我倒不记得了，只记得我真被吓坏了！

再后来，工作了，真是可以买书了。我是买了不少，胡乱地读了很多。当然，也拥有很多书而没有及时地读。这时，我就想起袁牧的《借书者说》，真实的心理与之完全相同，感慨他的"书非借不能读也"，更感慨自己书多了也不能读啊！

活到老，学到老。不是学，是看。现在，一出差，我还是到机场书店挑上一本书。只是好书真的不多，很多书是一个差出完基本上也就看完了，连带回的欲望都没有，就扔到酒店，发挥发挥它的作用，让别人再看一遍吧。

花开时节

每一个人都总是时代长河的漂浮物，你只有在搭建好的平台上跳舞唱歌。舞台的大小不是你的事，歌舞精彩才是你奋斗的终极目标。弹指一挥间，三十多年过去。我曾有过的中师经历，是幸福时代还是苦痛人生，到现在也说不清楚。在那个花开时节，和我一样，很多人懵懂地开始了人生之行。

找鸭子接到了录取通知书

那是一个异常燠热的夏季。一天下午，一场急促的暴风雨，将忙碌的村民们全部扫回屋里。老树上的大鸭梨惊魂不定地摔下来，砸得满庭满院都是。傍晚时分，雨停了，太阳就又出来了。就在你不远处，扯天扯地立起一条大彩虹。

"你放的鸭子呢？"母亲一问，我一惊，手里捡起的大鸭梨瞬间掉落地上。

家里养了二十几只鸭子，日常多由我看管，每次大雨来临时，都要提前把鸭群赶回家来，以免大风大雨吓得鸭子们惊魂不定、跑远丢失。特别是门前有一条流水的河，如果鸭子们顺着水流往下方游，游得远了，就很有可能找不回来了。而这群鸭子养成后，或卖得钱来，或杀食招待重要客人，或留下几只下蛋传承，对于家里来说都非常重要。

见我发呆，母亲呵斥了几句后，铁青着脸吐出两个字"找去"。于是全家行动,田里、塘里、河沟里,满山满坡里找起来。

我找了半天,除了见些脱落的鸭毛,一点鸭子的踪影也没找到。天色已近昏暗,我找到又一处竹林旁,遇到了母亲,正提心吊胆地想说"还没找到"时,却见母亲挤出一丝笑容,有点神秘也小声对我说:"你的通知书到了。"我还没来得及有所反应,却发现鸭子们正在这片竹林里偏着头、蜷着身睡觉躲雨呢。

这通知书就是中等师范学校录取通知书。被录取中专、师范者都是中考高分者,要比最好的高中还要高上很多分。上中专师范,当地也叫跳龙门。真实的应该是跳出"农"门吧——从此,你的命运将会改变,脱离农村户口,成为商品粮户口,三年学成后就会有工作,有工资了。当然,别人也会高看一眼,说是"吃商品粮的干部"了。而这些正是我们全家人的希望。

跳出"农"门,"吃商品粮的干部",那是一个时代的产物。那个时代城乡差别特别大,现在是很难想象的。特别是对我这样出身于一个偏远山村、极其贫弱的家庭,更是想脱离农村、改变命运。孩子上学,这也是母亲心中改变家庭命运的最后一根救命稻草。寒冷的冬夜里,我们在昏暗的油灯下写着作业,母亲在旁边纳着千层鞋底,总会悠悠地说上一句,什么时候能呜哇一下飞出去就好了。吃商品粮,每个月就有固定供应的精米细面,在缺粮少钱的那个时候,这是生活有了保障;当干部,就再也不用"面朝黄土背朝天"当"泥腿子"了——要知道那农活重得,真是能把人累得吐血——我是干过的!

"不懂事"与"不敢懂事"

考上了,全家自然是欢天喜地的。杀了几只鸭子,请了老师和亲朋好友过来喝喝喜酒,我便要按照通知的时间要求,准备去县城师范学校上学了。

记得临行的那天早上,母亲叫我去跟一个住得近在咫尺的亲戚家告个别。我有些腼腆地去了。亲戚拿出 10 元钱来要给我。我小屁孩也不知道该不该要,就拖延地说"不要不要",边说边往家里走,想见到母亲后让她拿主意。亲戚也就跟着过来,边走边说:"给你,给你。"有几位长辈在外面,看到这一场景后连忙说:"这孩子真不懂事,还不赶快接着嘛。"母亲也在外面,最后说:"拿着吧,拿着吧。"母亲发话了,我方才接着。母亲也责怪我没有立即收下,还让亲戚跟过来送钱。可那时的我真不知道该不该要,万一要是接错了呢?

大人的心思,小孩永远不懂。小孩能懂得什么事理、人情世故呢?对别人给予的东西该不该要、什么时候要,小孩都拿捏不准,都得听大人的。因为他们做不了主,不敢懂事啊!对的、错的,这牵涉到大人交往的背景,礼尚往来啊,感谢感恩啊,等等。正是社会上、大人间复杂的人际交往,让小屁孩们很受伤,他们不是要挨着呵斥,就是要接着板砖。

"全才生"与"多面手"

中师的生活一下拉开了大幕。让我鲜活得如鱼得水,一下子有这么多书看,再也不用像以前因为想看书而想当书店售货员了,再也不用逮着什么书啊报啊甚至巴掌大纸片都看个不够了。开学一月后,学校举行文史知识大赛,我报名参加并获得了不分年级的一等奖而崭露头角。不久,又有好消息传出,普师三年级的一位同学获全国中学生作文大赛一等奖,那是就在我身边的师兄啊,令人振奋!而后由他牵头成立了绿叶文学社,出版《绿叶》报,我自然也应邀参加。现在,这位仁兄也在北京,已是人民出版社副总编辑了。

师范的学习是丰富多彩的,什么都学,简直想培养每个学生都成全才——事实上也就是这样,中师毕业回去任教的,大多什么课目都能胜任,成为多面手。我后来到初级中学当班主任,教语文、历史,还辅导数学、英语,办黑板报,是个有口碑的好老师,两年教师生涯也教出了后来成为博士、硕士的多个弟子,这是后话。

再说当时班主任和几位授课老师都是年轻人,刚从师范大学毕业,他们和学生们打成一片。教化学的何兆祥兼着班主任,教文选和写作的余伯承,教代数的胡仕华,教音乐与简谱的鞡荣,以及后来续教文选和写作的冯霞,还有个年纪大的汪玉良教汉语语言基础知识,我都记着他们。真是庙小和尚大,这些都是好老师,他们都有着自己的本事。班主任协调解决诸多事宜,余伯承讲课生动、激赏教学,很自负的汪玉良总结出很多自己的东西教给我们,他们都让我很佩服,让我汲取很多知识和知识之外的精神层面的东西,如勇气和创新。

也正是那时的学习,让我现在已是高级记者,也能写出些文字的东西来;能让我跳出家乡方言的底子,纠正些舌尖前音和舌尖后音的问题,不会把"发烧"说成"发骚"而引起误会。当然,当年掌握的"飞机"不是"灰机",现在网络语言又给改回去了。不得了!

特别是唱歌。那时候,每周两堂音乐课是我们早早期盼的。一架脚踏风琴,让我们初识简谱和五线谱,更是让歌声飘荡在教学楼上空。后来到北京工作、生活,免不了去一些歌厅,对于很多经典民歌、流行音乐,我都会唱一些,让人刮目相看,真的假的给几句激赏。说实话,对我这五音不全的人,要不是混那几年的音乐课,我还真不一定能开口歌唱。

感谢师范让我们早熟!让我们能更早、更快地适应社会、融入社会,能独立思考、敢于闯荡,能自作主张,朝着目标去努力实现。说实话,这就是师范人的性格。这么多年走过来,经得起苦难,经得住磨砺,又扛得住辉煌,这是师范培养、改变的结果,应该说是师范三年最大的收获。

憾! 昙花一现的中师教育

若干年后,吹个牛也算是衣锦还乡吧,在县委县政府的安排下,在县广电局局长一行人的陪同下,又去了当年的师范学校。想当年这里,教学楼、宿舍楼人声鼎沸,体育场、大食堂人头攒动,一个人满为患的校园人气爆棚,可此时已是门前冷落,喧哗不再!

无可奈何花落去。几个依然在此坚守的老师伤感地介绍说,师范生已不再招了，改招幼师，就业又不好，招不到生员，所以冷冷清清成为一座死校。当年意气风发、指点江山的我心中的"神"们，如今花开哪里，竟也不知。

唉，中师是一个时代的产物，由于教师奇缺，催生了这样一个怪胎，由出生到死去也就二十年时间吧，一批优秀的初中学生，没有机会上高中考大学，就这么过早地定位人生了。是福？是祸？对于我等穷家孩子能够尽早地吃饱喝足，也算是赶上了幸福时代；而对于那些家境还行的富家子弟，何尝不是苦痛人生的开始呢？

人生无法选择，它正像一颗石子，落在戈壁上，它什么都不是，风吹日晒迅速蚀化；落在池塘——它会溅起漂亮的水花，再荡起层层涟漪，有心欣赏的人还会当作一道美丽的风景。

梦想时代

人,总是在记忆与回忆中向前生活。中学写作文,总爱写上"回忆的手掌忽地推开记忆的大门"这么一句。推开就推开吧,如果不及时推开,诸多往事会随着蜘蛛网一块,慢慢地被逝去的时光风干。

失去的麻木,都不知道曾经什么发生过、什么没发生过了。

在北京南下的高铁上,望着快速退后的窗外风景,我想到了曾经第一次坐火车北上,想到了一些求学的故事,从中师到大学再到研究生。而第一次坐火车北上,就是去北京参加研究生复试。

现在想想,其实中师三年,还是苦中有乐的。20 世纪 80 年代,每月有 26.5 元的生活费和 30 斤粮票,基本上还是够用的,偶尔还和几个同学哥们在路边小店要个卤菜、喝个啤酒什么的,青春的身体和不思考的大脑,让我大多数的时间里无忧无虑,甚而至于看上去还很潇洒。当然,现在看来那是假象。

中师毕业后,到一所丘陵地区初级中学任教,过了两年苦闷的日子,辛酸程度只有自己知道。喜欢交往的性格与工资低下囊中羞涩冲突着,贫瘠空白的校园文化与活力四射的精神需求冲突着。白天,学生的到来,校园喧哗而骚动;夜晚,校园空荡寂静,让思考的我身心俱感孤独。而几天一过便是周末,更有漫长的寒暑假,让精力充沛的我犹如困兽般被锁在荒山野岭里。雨雪菲菲,泥泞四野。思想的野马也被囚禁在高高的圈里，孤独寂寞在每一个早晨、每一个夜晚。偶尔也去镇上转转，但实无落脚之地，有的地方去得稍多两次，便会遭到白眼，甚至不顾情面的当面表露，其情其景让人窘迫尴尬，心里很有些绝望。

人只要不死，总有几个拐弯。正此时，同事好友准备报考安徽教育学院，在他的影响下，我便投入其中，与之进县城报名，积极复习，到市里考试。没曾想一试即中安徽教育学院政教系历史专业，全县第一。现在安徽教育学院已改名为合肥师范学院了，这便是我的大学——那时地址是合肥市金寨路261号。

由偏远的丘陵乡村到县城中师三年，此次再到省城合肥，倒是一步台阶一个进步。几多师兄师姐考几年都没有考上，我一次"中举"让他们刮目相看。可每次短暂的些许风光之后，都是长长的阴霾心境，只能一个人躲在角落里独自吞噬。表面的东西有时就像豪华的包裹，光鲜而坚硬，但内里的柔软与脆弱只有自己知晓。

讲故事吧。在安徽教育学院发生的故事。

安徽教育学院打篮球盛行，在合肥市比赛都较有名。参与校报、负责版面、发表诗歌、做校园篮球赛事报道及评论……让我在同学中影响不小，尤其是在霍邱同乡圈子里，大多数人都认识了我。这便衍生了一个事件——打架。

一次，中文系同乡阿军在大食堂与人发生争执，说是受欺负了。年轻火暴的我一听，不问青红皂白蹿上去，还没看清对手的模样，便野兽般地连饭带菜一缸砸在对方的头上，顿时饭菜如散花般地在食堂间飞落。对手还没来得及反应，我的同学兄弟们听说我打架了就迅速围上来要帮忙动手，有二十多人。我一看事态要扩大，忙说"没事没事"，立即撤离现场，围上来的人也就疏散了。现在想想真是冲动，并有些后怕，如果当时被校方抓住了并追究了，此后人生又该如何改写！班主任刘老师事后还是知道的，点了下说"听说你打架了"，我搪塞了一下"没有"也就过去了。人的一生真是说不尽，不知道哪件事会影响你的人生轨迹。在这里，真诚地对那位不知名的同学说声"对不起"。

再往后看，也是有缘。后来阿军我们俩一块北上到同一所大学读了研，相互间还有一些帮助；毕业后他到了人事部、国务院，转了几年后，又到了《科技日报》社，我们交集了三年同事。真是冥冥之中好多事情说不清！

还是回到教院的那些日子。当时一入学，仗着有一点基本功，真没有认真学习，整天吊儿郎当的，就知道嬉玩，甚至不上课。逃课和两个兄弟去学溜旱冰、看电影，去合肥同学家里打牌、喝酒，甚至因为用煤球炉在宿舍走道里做饭和班主任争吵。

回忆那段青葱岁月，心情总是复杂的。穿越时空的长河，你能窥见一个懵懂青涩、少不更事的少年，一路磕磕绊绊地走来。彼时年轻，还没有穿上成熟和世故的外套。却也因为年轻，做过一些做错的事，说过一些不该说的话。有一件事就让我时常愧疚，二十八年过去了，依然不能释怀。

同学大国，晚我两年上了师范，毕业后带妹妹到合肥治眼疾。这是一个好哥哥，父母已双亡，他全力照护妹妹，挑起了家庭的重担。他到学校找我，穿了双很旧的布鞋并沾满泥土。聊天中我竟顺嘴说了句："进城了也要换双鞋。"真是年少轻狂，说出这种不体谅他的困境、伤他自尊的话来。好在他一直佩服我，什么也没说，不知有没有放在心上。后来传来消息，大国竟因口角之争被邻里的垃圾人给刺死了。这让我痛恨不已并永远有个心结。

来到安徽教院学习的人，大多是想继续改变命运的人。因此，这里有个特殊的学习风气弥漫校园，那便是考研。这里，考研信息汇集，考研资料巨多，考上者给奋斗者励志，一届接着一届传染，每个人都想实现梦想。如果说现在衡水一中、毛坦厂中学是高考梦工厂，那么可以说那时的安徽教育学院就是考研的梦工厂。而后者与前者不同的是，前者是军事化管理，是老师拼命地引导与教学；后者却是松散化管理，更多的是自觉与自学。

第一个学期，我就那么浑浑噩噩混过去了。再看看身边的好几位同学，都加入了考研大军。一"事"惊醒梦中人，咱也来凑凑热闹吧。早上一早起床，顺着包河公园跑步，然后背英语、背政治，上课看英语、看考研专业书，晚上参加考研英语辅导班、政治辅导班。

说到上英语辅导班，还发生了一个故事。去年去加拿大多伦多，住在好友国保同学家。一个晚上，吃过烧烤、喝完酒之后，国保说彦彬同学在美国当教授呢，给他拨个电话吧。电话通了后，彦彬上来就问我，当年在合肥给你自行车弄丢了，还记得吗？说的就是这件事。记得当年为了去校外学英语，我勒紧裤腰带买了辆新自行车，没几天同乡同学彦彬借去外出上课给丢了。过了一个月后，他硬挤着给了我200元钱——当时相当于中学老师的三个月工资。丢了学习交通工具，这在当时也算是件大事，所以记得清楚。只是好多年过去了，一切都在大发展，奋斗者度过了那个时代都迎来了光明。彦彬兄如今在美国当教授，开了个微信公众号——"图图教授看留美"，经常发些原创性文章，对有此方面需求者很有帮助。通过微信可以看出，他们全家在美国生活得很幸福。

再说学习，绝对是个苦活。日常学习不说，一学年后的暑假，我便留校苦读了。上英语，上政治，复习专业课。由于学校重新粉刷装修，除了留个行李房，其他房间全部封锁。有亲朋好友在市里或租得起房的同学，都搬到舒适的环境里，我只能在行李房狭小的空间里挥汗如雨，与蚊虫斗。在昏暗的灯光下，度过一个个炎炎夏日，少吃不穿，光着膀子学洋文、讲政治、谈历史。学得累了烦了，倚靠在行李堆上，白天看窗上蜘蛛结网补网捕获蚊虫，夜间看月光水银般铺地。空荡荡的校园，让我呆呆地想什么是未来的出路。在寂静中独处久了，便产生可怕的孤独！

正是留在合肥复习，大舅还以为我发达了呢，便要来合肥游玩。来后我陪他们去了趟动物园。看到关在笼子里或小天地的动物有所感触。与人一样灵性的动物，却受到人的禁锢，游动物园后写下一组《动物杂咏》。那是1992年夏天。

再回到当时复习考研。报考学校与专业，考虑再三，我联系了首都师范大学历史系社会经济史方向。一是因为本是学历史的，并且还有一些兴趣；二是冒昧写了封信给导师蒋福亚教授,先生很快回信了,指导我选用复习用书和复习方向,让我心里有些踏实。于是大胆与作者联系,四处购买先生指定用书。后来果真成了先生的学生。

每个时代都有自己独特的产物,哪怕在事后看起来是很可笑的。考研报名就是这样。由于当时的局限,又怕人才外流,各县教育局对教师考研是严格控制的,一般不给报名参考。因此,那时考研报名是件很难的事情。临近报名时,大多数同学都回到县教育局,各寻门路找关系送礼品疏通办手续。如此麻烦,我想干脆在合肥直接报名得了。

在一个下午3点钟左右,我揣着忐忑的心、带着准备好的有关材料,独自来到合肥一个报名点。当时室内只有一个人,正在看电视。那是一场中日足球比赛。我就悄悄地坐下,和他一块儿看球,一块儿骂日本,一块儿骂国足,看球,评球。那一天是1992年11月6日,在日本广岛,第十届亚洲杯半决赛,中国2:3负于日本,又输了!下午近6点钟,球赛结束了,他问我干什么,我说我是来考研报名的,他二话没说,材料也没怎么看,就给我顺利地办了手续。

幸福来得就这么突然。这比我看球、骂球还要高兴!事实再一次证明,天无绝人之路。一个人办成一件事,往往需要更加努力,机缘巧合也是你努力的结果。

我的考研之路就这么磕磕绊绊,却又顺顺利利。报名一关,原本悬着的心就这么轻松放下了。说实话,原来把握是很小的。如果合肥报不上名,我可能参加考研的机会就不大了。一是时间很紧了,回县教育局再找人协调通融,肯定有些来不及;二是学习、复习并不充分,也不自信,怕是顺水推舟也就放弃了。这次顺利报上名,对于我来说又是推着我向前走,我只有顺理成章地参加考试了,而不管它考上考不上!

学习、报名,再加上诸多努力,研究生也就考上了。首都师范大学历史系,在同专业里是个全国都较有名的院系,有两位史学大家:齐世荣和宁可先生,各阶梯专家也比较齐全。这些都是次要的，关键是我从穷乡僻壤，从县城到省城，又要到首都北京了！

感谢安徽教育学院浓烈的考研之大环境，感谢诸多兄弟的大力帮助，我终于有了走出安徽的机会。说实话，那时我也是背水一战了，也是"一颗红心，两种准备"：考上了，北上；考不上，南下，我要到深圳打工去了，我已经铁了心不再回那丘陵山坳了。我在那里实在待不下去，苦逼、焦虑、困窘，让我透不过气来。只是现在想来，若去深圳打工，1993 年夏季就去深圳打工，现在混成啥样了呢？沉沦、底层，还是风光、富贵，皆不得而知。

但是我还是满意北上的，满意其后的过程，满意当下。对于安徽教育学院，后来徐光寿先生到北京，我们一起筹划了最早的北京校友会，我作为副秘书长做了一些工作，并为学院改制合肥师范学院努了力。安徽教育学院成立 40 周年，我自费 2 万元在《科技日报》登了半个版文章宣传母校。再后来成立新北京校友会，我也作为副会长积极支持活动。只是限于中央的有关要求，后来北京校友会取消不再活动，但是在京校友还是牵挂母校，并互相交往的。

考上了研究生，教院也就毕业了。别的同学又回去，又准备下一年度的考研了。我把户口、学籍档案从合肥直接转到北京，那个暑假便轻松地在合肥参加了中美教育文化交流活动。这是一个月的活动，美国教育志愿者来合肥和我们交流，我的收获又是满满。

离开安徽教育学院，我就没有正式回去过。建院 40 周年、50 周年，作为嘉宾，学校也曾邀请我回去，终因事多未能成行。记得有一个夜晚出差合肥，吃过晚饭后在合肥朋友的陪同下回到校园，在灯光月影里走了走，看了看。听说改为合肥师范学院后又建了新校区，面积、建筑都扩大了很多倍，这也是现代办大学的模式。只是不知道，学习风气有没有以前那么浓了，尤其是考研之风有没有以前那么盛了。不过有一点，就是对学子改变命运，肯定没有以前那么大了！

怀念你，安徽教育学院！怀念那段青葱岁月、梦想时代。

在北京读研的 E 子

凌晨 4 点,不知不觉地醒来。夜,死沉死沉的,四周一边寂静。静得能让我清楚地听见,自己的心脏在胸腔里扑通扑通跳个不停。我一动不动地静静地躺着,过电影般地想着许多是是非非的人和许多是是非非的事。

也曾想过青年时的失眠。其实,那时晚上是很少睡不着的,可一旦睡不着,是非常难受的。辗转反侧,焦躁不安,有时会着急得全身发热,两手竟攥出一把汗来。还有时,熬不住,干脆披衣起床,读书读报看电脑、写稿子,一直到天亮。伸个懒腰、打个呵欠,拎件衣服精神抖擞、精力充沛上班去了,该干吗干吗,什么都不受影响。

人到中年,能如此平静,心态大不一样了,心真是大了。是因为年龄,还是因为心境?

凌晨 5 点,还是静静地躺着。临窗的马路上,汽车由远及近急速地驶来,又由近及远渐渐地消失。没有喇叭声,没有音乐,能听见的是车轮的沙沙声。

再过些时间,喧嚣声渐起。自行车的铃铛声、电动车的嘀嘀声、大人孩子的说话声,整个马路沸腾起来了。汽车也理直气壮地响起了喇叭声,更有摩托车偶尔飘过,那音响强节奏的金属声震天价响。

我知道,我把天熬亮了。起床吧,新的一天又开始了。

睡不着，自然想起很多往事，也想起当年进京读研的一些事来。

至今记得，从合肥到北京，坐的是 64 次火车。那时的绿铁皮真是慢如蜗牛，全程竟要 23 个半小时，而列车没有不晚点的，所以正常的是 24 个半小时，不正常的是 27 个小时。时长姑且不说，拥挤不堪那真是另一壮观。人多车少，再加上不用身份证实名制买票，大火了票贩子黄牛党，一票特别难求啊！求爹爹告奶奶寻得一票，还要穿窗越门、连滚带爬超越人流，否则你还是有可能上不了火车的。特别是春运期间，火车上人满为患，动弹不得，有很多挤掉鞋的，下车时只能光着脚走。北上求学，就是从这艰辛之旅开始的。到了终点，从北京站坐地铁到车公庄站下，换乘 26 路公共汽车到花园村站下，便到了首都师范大学——我读研究生的地方。

研一时，住研究生楼 528 室，同宿舍有阿方与卫兄两位大侠，诸多宿舍故事就此拉开序幕。

阿方是京郊人，本科即在首师大读的物理系。他以家为重，每到周末必要回去干些农活，周日晚拖着疲倦的身体回校。此兄孔武有力，个大、脚大、胸肌大，手上的力气更大。他心仪他的本科同学阿梅，而阿梅与他是哥们一般的关系，早将心思化雨倾给另一个物理系的研究生同学。只是毕业时后者与弹钢琴的音乐系研究生同学结为伉俪。阿梅毕业后去了北京师范大学，再后来传来不幸消息，因癌症英年早逝了。真是世事弄人，令人惋惜心痛。

再说当时阿方，睡在我上铺的兄弟，人特别憨厚朴实，常年换衣不多，夏天多以白色汗衫过日，春秋冬日更以灰色夹克或防寒服御寒。他体魄雄健，每每和我一起爬完五层楼却气喘吁吁。他不爱言语，心却很累，总爱长吁短叹，一声"唉——"拖音很长。我问他有什么心事，他都微微一笑说"没有没有"。由于一块儿上公共课，我俩吃饭、打水、洗澡、学习，共同行动很多，他也给我很多帮助，实在是一个好兄弟。真是福人自有福报。毕业前夕有个物理系本科师妹倾心于他，他还犹豫着不能忘情于梦中恋人。我们又规劝一番，后来两人也就携手成家了。若干年后一个黄昏,我在公主坟报社下班,竟然遇到了阿方骑着自行车回家。简单一聊才知道,毕业后他去了公安大学教公共物理,太太到了首师大附中,如今有了孩子,生活幸福美满。我邀他一起坐坐,他却说家里有事。还是以家为重啊。后再无联系。

记得阿方每次做引体向上都是20个、30个以上吧,非常厉害。可怜我小身子骨,拼了老命,包括后面几个扭扭曲曲上去的,最多也就能做10个。看着他轻松的样子,我只有羡慕的份了。他有个同门师兄弟姓孙,老是爱开一些玩笑。孙是山东人,读研时大概已经结婚,家庭也不富裕,长假回校后他就说,回家与老婆过生活,第二天都把避孕套翻过来洗洗晾干,下次再用,以此节约。真是逗乐的宿舍文化!听说后来他去了美国读了博士,再回国后到了中国科学院做研究。不会研究如何更节约吧。

再说来自湘西的卫兄却是多才多艺、招人喜欢的,会唱歌,会踢球,会说话,原是学中文的,还会写文章,深得女同学们芳心。我知之不是很多,因为一早出宿舍一晚回宿舍,一天也就过去了。他发生的有些事我还是从别处听来的,但也接触过几位与他交往比较密切的女同学,有时还给他打幌子,让他的"闺密"们不至于打起来,或者让她们不至于追着他而无法自圆其说。如果说我的研究生是苦乐三年,可以说卫兄是潇洒的三年。当年的故事至今还在同学聚会时作为谈资。毕业后,我们一直保持着联系。

研二后宿舍调整,很有个性的甘兄入住本室。他是学书法的,欧阳中石先生的弟子。大学毕业后曾到西部某省文化厅工作,年长我们几岁,有着过来人的沧桑,总把我等叫作"小屁孩",把卫兄与女同学的多元交往叫作"小游戏",很多东西他都看不上眼或者说全不放在眼里,却只有一样让他痛苦不堪却也无可奈何。他因高原工作经历睡眠很差,恰阿方夜夜鼾声如雷,因此便有了宿舍夜间的故事。每晚入睡后,阿方很快便进入梦乡,呼噜声渐起,老甘起初只是吭吭干咳给予提醒,接着就是啪啪拍着床帮希望震醒阿方,万般无奈之下,就是

"阿方——""阿方——"，一遍遍幽幽地叫着，睡得正香的阿方有时猛然惊醒，一骨碌坐起来："我打呼噜了？对不起、对不起！"

老甘勤学苦练，书法水平越来越高，毕业留校，还任过首都师范大学书法研究所副所长。我们也曾小聚过，终因各自忙碌日久渐疏。

同学中还有学魏晋文学的润哥，曾因暑假都未回去而一度交往过从甚密，但后来还是将他开罪了。因为他私下和我说，与一美女一起补课，美女对他很有感觉。而我作为宿舍夜间谈资，发布了一下。按说这宿舍文化是不能对外的，偏第二天润哥来找我时老甘问他："美女和你好上啦？""谁说的？""老唐说的。"爱脸面的润哥的脸腾地就红了，转身而去，从此与我绝交。这是我的错，我"嘲笑"了润哥当对不起他，而"出卖"我这是阿甘的个性使然，我又能说什么呢？调侃说一句，听说他还会小洪拳呢。

说过了几位室友，再说几件事吧。

研一一年，重在英语、政治等公共课，尤其是英语，连滚带爬地过了关后，暑假也就到来了。研究生院组织部分优秀同学去陕西学习、实践，二十多人穿着"首都师大研究生"文化衫，在三秦大地招摇了十几天。这又是一次出远门，真的长不少见识。一坐就是17个小时的火车，对于年轻的我们来说并没有多少辛苦。越过秦岭，首见黄泥浆一样的渭河，没有汹涌、咆哮，它平静如一大片淤泥滩。然后火车停在西安古城墙下。一下车，我们便感受到了西安人的热情，一个个并不算美的女子招揽着"休息休息去"。我们不用休息，带着新鲜、好奇，当晚便逛了西安的夜大街。

当时西安给我的印象是有些脏和乱，大夏天里，火红的炉子卖着羊肉汤，坐在低矮的凳子上却举着特大号的碗，真怕食者扛不起来。况且那么多，能吃完吗？我有些担心。接着，我们马不停蹄地行进在古代文明与现代文明间，感受着秦始皇兵马俑的世界奇观、骊山汤池的历史温度、黄帝陵的远古肃穆、延安南泥湾的红色激情。一路欢歌笑语，飘出所乘的中巴，飘散在三秦的古风里。

有人说,陕西是民族之根,延安是民族之魂,黄帝陵是中华文明的精神标识。

黄帝陵,据称是中华民族始祖轩辕黄帝的陵寝。这里,庄严肃穆,古树参天,文化厚重。其中有一棵高大的古柏树高 19 米、径粗 11 米,相传为轩辕黄帝所植,故称"黄帝手植柏",又称"轩辕柏",距今已有五千余年树龄。还有一棵"汉武挂甲柏",又称"将军柏",志载,"汉武帝征朔方还,挂甲于此树"。树干斑痕密布,纵横成行,似有断钉在刍,是群柏之中最为奇特的一株。这些柏树,枝干苍劲挺拔,树叶青翠欲滴,其冠如盖,其势巍峨,都在这里张扬着悠长的中华历史与文明。

印象深刻的还有一个"黄帝脚印石",大约有一平方米的青石块,上有脚印一双,据称也是黄帝留下的。

人文初祖大殿,是祭祀轩辕黄帝的正殿,也是整个庙院的主体建筑,坐落在庙院中心。正殿门楣上悬挂有"人文初祖"大匾,系国民党将领程潜祭陵时所题,字体铁画银勾,刚中藏秀。偏有同学脱口说出"祖初文人"来,遭到没卖成纪念品而生气的商贩讥笑:"还首都师大研究生呢。"确实有些无地自容。以此为鉴,诸多事还没有拿捏稳时,还是不要轻率地表露。

再有壶口瀑布之行。驱车前往,远远的,便被巨大的轰鸣声震住了,别人说那就是瀑布的响声。再抵近些,更被其壮观景象震住了!

壶口瀑布位于陕晋交界,是世界上最大的黄色瀑布。黄河奔流至此,水面突然收窄,水流如脱缰的野马、愤怒的大象疾驰而进,又突然从 20 多米高空峭壁上汹涌砸下,形成"千里黄河一壶收"的雄伟气势!黄泥四溅,黄花点点。站在旁边,没有了小我,惊心动魄,令人难忘。

若干年后,我又和一批中央媒体记者从山西吉县去看壶口瀑布,但震撼的感觉远没有第一次这么大了。许多事情都是如此,第一次的经历总是刻骨铭心的。

陕西之行，我第一次浏览这么多名胜古迹，感受祖国大好河山之美。因为年轻，有着轻盈矫健之步履，有着新鲜好奇之心，有着温暖抱团队伍，永远值得记忆和回味。后来因为工作关系，这些地方我又大多去过，甚至去过多次，但少了当初的懵懂羞涩、青春活力、洋溢激情和"胆大妄为"，也就移步换景走马观花了，正所谓见得多了也就麻木了。

学生时代终归穷，"穷人的孩子早当家"。在北京读研究生时，每月有265元的补助，但终究入不敷出。于是，一边学习，一边想着赚钱。同室阿方一直做着家教，很多同学都是如此，而我没做家教就开始折腾。写点小稿发表、帮人写过书稿、推销过考研资料、贩卖过茶叶衣服，甚至抄过信封。当然，最大的生意还是代销方便面，便宜好吃，多家高校推进，以至于很多同学吃过我的方便面，至今应该还有印象。本着薄利多销原则，似乎也没赚到多少钱，只赚到了天天有方便面吃。这些，终归不能长久，我还在寻找适合自己的路。

后来，我便放下这些，参与创办了北京市残联主办的《新生活报》。第一期八块版，便有两个版是我采写、编辑的。自此，开启了我记者职业、报业生涯之路。《新生活报》出版了几期后，因诸多因素夭折了。在同仁的介绍下，我来到《中国经营报》做正式编辑、记者，一干就是两年。

《中国经营报》算是中国第一家民办报纸，是当时纸媒潮流的引导者，办报、出版、策划开展多项活动，很火！这里是个大熔炉，很能培养、锻炼人，也向北京各家报刊输送了很多人才，当时北京报摊火一点的报刊，都有在《中国经营报》干过的编辑、记者。《中国经营报》采编一体化，每个人都得独当一面，选题、联系、采访、写稿、版面编辑，都是一个人完成。特别是每期评报，不当之处直接批评，不留情面。得益于此，我的新闻业务能力提高很多。

报社提倡"和老板交朋友"，我也采访了一批老板，如恒源祥董事长、统一集团董事长、红豆董事长等等，交了一批朋友。按照报社内部的话说，三天没有老板请你吃饭，你就是失败的记者。按此标准，我也不算是失败的记者。我还参与了报纸多次改版,参与了子媒《精品购物指南》多项活动。老社长王彦话说:"我们办了两张报纸,一张教你如何赚钱,一张教你如何花钱。"

曾一度时,《精品购物指南》火遍京城。而正是在《中国经营报》,在业内,我能联系上北京各家报纸,利用这些资源,曾经给种子酒、贵妃稠酒、第六要素保健品等多个产品做过北京市场策划、宣传活动。此后,我又在《中国高新技术产业导报》干了三个月,负责管理版的采写、编辑,包括美编、校对,属于一个人办报型。再后来,就论文答辩,研究生毕业了。

年轻人总是要精力充沛、马不停蹄忙起来的。在《中国经营报》工作的同时,首要的还是研究生学习。除此之外,我还是《北京青年报》的特约记者、《南方周末》的特约撰稿人、《黄金时代》的专栏撰稿人,还多次应邀给《科学与生活》写稿。

当时《北京青年报》总编辑是肖培先生,我们八位特约记者还和他小范围活动过,如到雁栖湖边过周末,吃饭、唱歌、打球。后来,他到了北京市委宣传部,如今已是国家监察委副主任。我印象很深的是,他人高马大的,有时脾气也很大,你拿着大样送审,他看着不好,会一下甩到你的脸上,"什么破新闻,什么破版"。你只得重新选稿、重新做版。这是他对新闻较高的要求。因此,《北京青年报》也一直办得较好。

时光过得飞快,二十多年了,时过境迁,如今《中国经营报》已渐定型为一张财经类报纸,时常还吐些"火"的苗子;而网络信息时代的冲击,让《精品购物指南》也就仅存于一代人的记忆里了。

那时,我在报社每月收入基本上在 2000 元左右,而研究生毕业后到科技日报社,我的工资才 800 元,真是中央媒体与都市媒体的巨大反差。好在经过一路锤炼无所畏惧,我在《科技日报》很快适应并打开局面,用积攒的人脉资源做了很多广告,也得到了很多奖金,也就有了很好的收入。那是后话。

感谢《中国经营报》提供的大平台,非常锻炼、提升人。放手给你,独当一面,每个版面头条原则上必须是自采稿,逼你找寻热点、焦点、难点,想方设法联系采访对象,不辞辛苦写稿、编辑。

记得有一个暴雨的下午,花园桥下积水很深,我依然冒雨蹚水赴约采访,耽误不得。而评报一针见血,那批评的理由就是你学习的知识。还有一批优秀同仁,那个时代就在我身边创新、创业,都是我学习的楷模。身浸其中、耳濡目染,虚心学习、见贤思齐,看在眼里、悟在心里,我终归进步不小,并受益终身。

离开《中国经营报》后我仅回去过两次,一次是领最后一个月的奖金,一次是应一个美编朋友之约去取个东西。我常想,一个人离开一个单位后,如果打拼得还可以,是不会常回老东家的。如果一直念叨着老东家的好,或者说想回去再整合、利用一点资源,那可能是他在新天地里发展得不好。我甚至有些看不上常回老东家的人。这是个人看法,不求苟同。

新闻打工,也没有耽误我读研治史,学习一直也很顺利。蒋先生在家给我们三人授过一年课,后来宁可先生的三个弟子也过来上课,六个人就到了系里的小教室。人多容易让人放纵,课后乱聊还真出了一档事,着实吓了一跳,所以至今记得。

课间休息,我们几个没有离开教室,对一则"先给钱再救人"的新闻进行了瞎辩论,师姐的观点是见义勇为就不应该要钱,我和卫兄说"要钱勇为"也比见死不救好。这明显是两个概念,我们却辩得不可开交。蒋先生在旁边抽着烟也不说话,但一上课就大发雷霆了:带你们这几个干什么,见义勇为还讨价还价,道德底线在哪里?吓得我和卫兄不敢作声,低头看着自己的笔和书。本来是恶作剧,我们故意和师姐抬杠逗着玩,却被蒋导误以为真有这种想法。

现在想来,也未必是蒋导误以为真,只是我们几个乱哄哄地瞎吵硬抬,无视他的存在,年少张狂毫无礼貌,倒真是他发怒的原因。从此,这样的事再也没有发生过。这件事对于师姐和其他人来说可能多已忘却,但对于我和卫兄都是记忆深刻、影响深远的。前不久,先生从教六十周年,我因事未能参加。后来看介绍,卫兄在座谈会上发言,就提及了此事,可见在他心中也没有忘记。

读研期间,情感的沙漠是靠校际同学、老乡交往来绿化的。大学同学有考入中国人民大学的,我们便互动交往得很多。1993年中秋节,我还到了徐贵祥兄的住处,第一次结识一块儿喝了顿酒。喝什么酒,喝了多少,吃什么菜,我都已忘记,只是清楚地记得是在他的宿舍,我们聊了一个中午,而我给一个女孩开饮料,却不小心把手弄破出了点血有些尴尬。贵祥兄那时还是一次次投稿一次次被退稿,后来写出了长篇小说《历史的天空》获得茅盾文学奖,如今已是著名军旅作家、中国作协副主席,再也不会有退稿的经历了。

慢慢地串上线,在京读研究生的老乡认识的就多了,北大、人大、中财、政法几所周边高校的,周末常到我这里一聚。研一、研二时,我的宿舍是一个楼的五楼顶层,还是拐角,房间很大。还不知道为什么,电量也不受限制,多大功率电炉都能用。我在教院练就的一手好菜,这时候又大放异彩了。经常买点肉和蘑菇、鸡蛋、辣椒,还有从老家带来的腊物咸货,一做,一瓶二锅头或几瓶啤酒,几个老乡同学围成一圈就交流起来,云山雾海地神侃一通,物质、精神都得到了很大满足。这一桥段,很多兄弟至今时有提起,都成为青春美好的记忆。

读书时的同学是串联和"借代"的,那时候去哪里,也就是一张火车票的钱,同学的同学,甚至于同学的同学的同学,大多数高校总是能联系上人的,去后就住在学生宿舍里。有空床就收拾一张出来,没有空床就挤在一张床铺上,都是正常的事。我第一次到北京研究生复试,就住在同学的同学宿舍里。

读研期间,我第一次去上海,也是吃住在海运大学同学孝平、国保那里。逛了黄浦外滩,夜晚还在那里遇到了同一火车去上海新结识的朋友;逛了东方明珠,见证了几天浦东新区的发展。以后由于工作关系多次来到上海,也有更高层次的接待和更好的安排,但同学兄弟情深的那个暑假之旅,却将记忆一生。现在国保兄已从上海移居加拿大,我送儿子前往上学,在他家住了半个多月,甚添麻烦。他非常客气,热情接待,毫无抱怨,让人感动,真是深厚的感情奠定在纯真的同学时代。

我们那一代的研究生，今天大多发展得很好。我常说，研究生更主要培养的是眼界开阔能力、社会适应能力和综合发展能力，相当一部分人的发展与所学专业没有完全直接关系。真正从事专业研究，那必须是研究生后再选择，读博士去吧。

毕业了，找工作，机缘巧合，加上我厚厚的两大本集子：一本新闻报道集，一本评论杂文集，得到了《科技日报》新闻部主任的认可。1996 年 4 月，我到了《科技日报》社。从见习记者、记者、主任记者，到高级记者，一干就是二十多年！黄金的二十多年，奋斗的二十多年，奉献给了《科技日报》。

怕打呼噜

曾经,拜访报人出身的中国书法家协会副主席张飙先生,茶馆落座,闲谈中,不知怎么扯到了睡觉。他说自己呼噜声过人。有一次从外地坐车回京,与他同车厢的一位军人,本也是个打呼噜的好手,与他比却是小巫见了大巫。结果,他睡了一夜,军人第二天早晨揉着困倦的双眼说,兄弟,你行。

于是,我和张飙先生说,那我是没法和你一块儿出去了。我现在最怕的就是打呼噜。

由于工作关系,我经常出差。出差在外,与别人同车或间有同屋,一听到呼噜声,就有些心跳加速,彻夜无眠。连忙麻烦别人,给调换个房间。我知道,我这是在读研究生时落下的毛病。

说实话,我原本是不怕别人打呼噜的。一直在外读书,初中时就开始住校,全是集体宿舍,二十几人住一大通间,夜晚肯定有几个鼾声如雷者,此起彼伏,很有一拼高低之态势。而这些从来不会影响我。每每我都是下晚自习后,简单洗漱倒床便睡,从不惧怕这些声音。一直睡到体育教师一声尖厉的长哨划破宁静的夜空后,才极不情愿地从美梦中醒来,赶忙爬起床来,到操场跑步做操去。大学时八人住一个宿舍,也有呼噜响亮者,但对我没有多少影响。所以,从来没有过要换房间等麻烦别人的要求。

后来到北京读硕士研究生时，四个人住一个宿舍。关系融洽，其乐融融。但这都是白天的事。晚上，熄灯后就有故事发生了。

我们同宿舍的，有一个欧阳中石先生的弟子、学书法的老甘。他是南方人，却在西部生活了几年，回京后经常失眠。因此，晚上睡觉，他特别怕有什么声音和响动。恰另一同室、睡在我上铺的兄弟阿方，却是夜夜有呼噜声。于是，每晚熄灯睡觉后，不一会，阿方的鼾声渐起，老甘就会"嗯，嗯……"地提醒着。可是，没用。再接着，老甘就会喊："阿方——，阿方——"声音由小到大。不停地喊着，结果喊醒的不是睡熟的阿方，而是刚刚入睡的我。

喊不醒呼噜者，老甘就会用脚使劲踹自己的床腿或拍着床帮，声音巨响，以期惊醒阿方。我不知道，睡在老甘下铺的兄弟阿卫感受如何，反正，搞得我是紧张兮兮。说谁都不好，没法说，只有静静地躺着，等待着事情的继续发展，无可奈何。

可怜的我，每到阿方的呼噜声辉煌时，我的心就收缩，就紧张。我知道，喊不醒阿方的老甘又要击床了。夜深人静，这一击，真是击得我心头震荡。而在这时，心情还有着一个矛盾。在老甘还未击床的时候，我的心就一直悬着，焦急地等待着其奋力的一击；若其击了，我的心头一震之后稍有舒坦，但很快随着未停的鼾声，我又有些恐惧地等待下一个剧烈动作。震动着，惊恐地等待着；惊恐地等待着、震动着……周而复始，结果，在击与未击之间，我只能是常常彻夜无眠。

我不知道，同室的我们四人中谁最可怜：是频频被叫醒的、带着愧疚之情不能深深入睡的阿方，还是一直提心吊胆、惊恐地等待着击床的我？是始终睡不着、深深受困扰的老甘，还是被动受震动最大、我不知道有着什么感受的阿卫？好在阿方是北京人，双休日常常是回家住的，好在那时我们都很年轻，课程也相对轻松，很多时间都泡在图书馆里，因此，虽然晚上我们这么不停地演奏着小夜曲，但都能恢复得很快，又都精力充沛地过着每一天。

现在想来学生时代很多事真是很有趣。我想,就是这有趣的夜生活,怕是要记忆一辈子了。包括现在,每次想起,都不是许多气恼,而是淡淡的美好的回忆。我不知道,是不是年龄的关系。不会吧,还年轻的我,这么早就沉浸于往事回忆中了。

成长的烦恼与快乐

孩子们童年都是很有想象力的。只是成长的过程让很多想象力失去了迸发的机会，没有了创新，大多数人也只能循规蹈矩了。

儿子曾经写过一篇《小水滴与大海》短文，就很有想象力。

嗨，我是一个可爱的小水滴。虽然我的个头小，力量非常薄弱，但是我想做出一番大事业出来——我想变成大海。大家一起来看一看吧，我是如何变身成功的。

为了变身成功，我想了很多的办法，我找到了很多朋友来帮忙。有绵绵的白云，有耀眼的闪电，有清清细流的小溪，有参天的大树，还有最高智慧的人类。

一天清晨，我的朋友会聚在一起，我们集思广益，热烈讨论，如何帮助我变成浩瀚的海洋。首先，白云开口说道："我认为可以让我多下几场雨，为干旱的地区带来充足的雨水，让那里的所有小水滴汇聚在一起，变成大海。"小溪也高兴地发言了："我可以把水流到干旱地区。小水滴，你就和我一起走，让那里也变成大海。"人类说："我们可以依靠我们的双手，引水入海，让小水滴顺利地登上去往大海的征程。"我听着朋友们的发言，兴奋极了。

按照大家的想法,我们开始工作了。首先一场瓢泼大雨从天而降,之后又有小溪的水流了过来。人类修起了引水渠,制造了人工降雨。顷刻之间,旱地就变成了一望无际的大海。我在大海里自由快活地徜徉,开心极了。

我的变身计划终于实现了,在这里我想感谢大家。是大家齐心协力才能使我,使旱区变成大海。我真想高声大呼:"谢谢你们!真是人多力量大!我是快乐的小水滴,我爱我的家——大海。"

儿子上三年级时,第二学期换了一个数学老师兼班主任。快一个月了,儿子还想他的原数学老师兼班主任的时老师,在我们面前说过不下 10 次。

听说时老师调到住宿部了。那里的老师要求是全科的,什么都能教。看来时老师是有才的。我让儿子直接找时老师谈谈,或给时老师写封信。儿子说找不到,也不想写信,就是这么在嘴上、在心里想着时老师。

儿子想时老师,是因为时老师为人和善,对同学们很好,除了教学,还能和同学们玩在一起,说说游戏。而现在来的袁老师,却很厉害,"不是厉害,是太厉害了",用儿子的话说。

我和时老师没什么接触。他也只带了儿子半年课。三年级上学期开学的前两天,时老师突然给我打了手机,却是要另一个学生家长的电话,那个家长是家委会成员。其后,他又发来一些短信,说些孩子上学的事,内容很细致、很客气,我也回过他一些短信。仅限于此。现在想来,时老师是很细心的。

后来,听说班里举行过一次新年晚会,来了不少家长,孩子们各说各的,场面很是混乱,儿子当主持人还管了一些纪律,但总体说来效果较差。我不知道是不是这次活动有些影响,造成了换师的结果。因为总有家长,主要是家委会成员说要对孩子严格严厉,要抓好纪律抓好学习,老师管得不严不行,要找学校给换掉。

袁老师很厉害，儿子说他的同学们都这样说。同学们都想念时老师。有个同学后来偶尔遇到时老师时，竟都哭了。

袁老师从来都没有笑过。同学们总是让袁老师"劳神"。儿子是活泼好动的，上课的样子我是能想象到的，每天早晨上学，我都要叮嘱一下，提醒一下，就怕他挨罚。

当然，厉害的可能不止袁老师一个。儿子因为没有穿白球鞋，就被音乐老师罚站了，原因是那节课教京剧，京剧就要穿白球鞋。

时老师和蔼可亲，能和同学们打成一片，上思想品德课，能和孩子们海阔天空地谈天说地；而袁老师是威严有加，很严格严厉，总是说"你能不能不让我劳神啊"！不是安排数学课就是上语文课，近一个月没上思想品德课！

——孩子们想上思想品德课，正如我小时候天天盼体育课一样吧，是减压减负快乐的一堂课。天天语文、数学、英语，压得喘不过气来。

身为家长，老师对学生是宽松些好呢，还是严厉些好呢，我也不知道。按说，孩子身心健康最重要，孩子都不能玩，以后还有的玩吗？可孩子玩疯了也要管一管，如何管是一门大学问。更多家长只盯着学习成绩，只盯着纪律，而他们又都是家委会的，你又能说不对吗？我们对孩子的成绩也有要求啊！

真正是教育的困惑！

当然，除了成长的烦恼，现在的孩子还是生活在幸福时代的。他们的生活是丰富多彩的，一有机会，他们就尽情地玩、尽情地耍。请看儿子的一篇写玩航模的文字记录，疯玩的"乐在其中"——

童年里，我从小到大，就是一个兴趣较为广泛的孩子，看书、编故事、表演节目和游泳，样样我都喜欢。但随着年龄的增长，我渐渐爱上了制作航模，尽管它的制作过程复杂，并且占据了我的大量课余时间，但我仍然在坚持制作各种航模,并且乐在其中。

记得在我上三年级的时候,我第一次接触到了航模制作。当老师把一大堆的材料和工具摆放在我们的面前时,直看得我眼花缭乱。我想,这些凌乱、无序的东西能做出什么来呢?我倒是要看看老师能变出什么魔术来。

于是,我瞪大了眼睛,竖起了耳朵,仔仔细细地看着和听着老师演示、讲解航模制作的全过程。不一会儿工夫,那些碎纸板在老师的手中竟然变成了一架漂亮的飞机。我几乎惊呆了,跃跃欲试,想要自己来制作一下。老师这时对我们说:"同学们,请你们按照我刚才的演示,自己动手做一个航模。"此时,我二话不说,就动手做了起来。我边看图纸,边在回想老师刚才的讲解,一步一步精心地做着。

就这样,一节课很快就过去了,我的航模还没有完成。老师说下次课再接着做。可我已经有些着迷了,怎么可能等到下次课呢?那可是漫长的一个星期啊。回到家后,我抓紧时间写完了作业,就从书包里小心翼翼地拿出我的航模"半成品",又开始全身心投入地做了起来。航模的制作工序还真是复杂,我没有想到一堂课加上一个晚上的时间,我一个都还没有完成。一连几个晚上,制作航模成了我的必修课。看着碎纸板在我手中渐渐组合成精美、雄伟的大飞机,我的心里乐开了花。

这就是我的第一件航模的诞生记。我从中真正体会到动手 DIY 的无穷乐趣,很富有挑战和刺激性。可能恰恰是这种无法言喻的乐趣,促使我在航模的世界里不断探索和进取。在后来的两年时间里,我不仅做过法国的航母模型,也做过美国的战斗机模型,一件比一件更复杂,一件比一件更精美。现在,我的每一件作品都整齐地陈列在我家客厅的展示柜中。而且,最让我骄傲的是,我曾经制作的一件飞机模型,由于制作工艺好,性能调得棒,出去试飞,竟然就从学校的操场上一股脑儿地飞到了校外。这件事当时还在学校里引起了不小的轰动呢。

你说，这怎能让我不爱航模，不乐在其中呢？

喜爱着那些小生命

那年夏天,我在合肥复习准备考研没有回家,大舅以为我发达了呢,要从乡下到合肥去玩。我带他们去合肥动物园玩了一趟。紧张的学习之余,我写了一组《动物杂咏》小品文。

鳄鱼——

不再有昔日野性的凶狂,伏在浅浅的水层下,悫父辈剽悍的个性与自己奴才的驯化。落泪,从此不再孕育虚假。

山猴——

上蹿下跳的,不再怪石的嶙峋。好动的习性没有改变,可从此再也不能扯枝攀藤。蠕动不停的嘴不再是与自然对话。吱吱叽叽的,我仿佛听见是在向人类发出抗议。你忘不了的,依然是原始森林里的阳光、风雨、瘴气。再也没有了发现那片野桃林的欢悦与惊喜,再也没有了找到一个山洞的神秘与疯狂。

失落的,又何止是灵气?

狼——

北风中长啸的凄厉的动人,你再也没有了兴致。所有人都怕的自然神,却在方圃里急不可待地追逐着明知的失望。所有的猎物都在外面的精彩世界里。于是,你很害怕丢失了看家的本领而丢失饭碗,映在方格的铁网里满是你的恐惧。

你周而复始地顺着铁笼的四角打转。你好着急。你没有了你应有的广阔的境地。

孔雀——

你好爱美。在别人不断的掌声中你张开了美丽的屏帷。掌声不停,你就用力地张着,疲倦地支撑着那应付的局面。你的虚荣制造了你的痛苦。

其实,收屏也是一种美。

骆驼——

失去的不仅仅是沙漠风光跋涉的驼铃的清脆,不仅仅是驼队犁出的通向天际的生命线。最忘不了的,却总是那无人问津的专为你生长的骆驼草。

你在这里了,骆驼草还在疯长吗?

鹿——

风神赋予你矫捷的骄傲,你却从此撞在南墙,以致美丽的角尖返祖,颓废地再也不能长出,逐食的本领已经丧失,你只能贪婪地渴求着别人的施舍。

燕雀——

你这枯草间写意的精灵,失去了凄凉的环境并不是你刻意的追求。亮点的一切却使你失去了生活的真谛。失落的,再也无处寻觅。你只好茫然。

鸳鸯——

你这多情的种子,形影不离,让人写进嫉妒的日记里却再也不能走出。圣洁的情爱再也不能有私,一切曝光,让人类翻版你这自然的纯真。

其实,人,并不是真的学这纯真。

丹顶鹤——

红顶犹如自由的太阳,从此黯然无光。延年不再是你字典里最应有的分量。郁闷了若干时间后,再回到鸡群里,那个成语还能够存在吗?

我真的有些担心。

想起儿子在成长过程中,养了不少小动物,比如蚕、小鱼、仓鼠、小白兔等等。儿子对这些小动物是很有感情的,经常没事静静地去看一会。这些动物都较小、温顺,大一些的比如猫、狗之类的,我是坚决不同意也就没带回家。特别是仓鼠,他前后养了多次。有一次春节,我们要去大别山过年,考虑到没人喂了,临行前我便劝说将仓鼠放生。对此儿子有诸多担心,比如饿死啦、冻死啦、野猫攻击啦。我说小动物是大自然的,就要回到大自然的怀抱。儿子有些依依不舍却也勉强接受了。

我们将小仓鼠放生到上河村小区南门的一片小竹林里了,还放了窝棚和一些粮食。再有一次去加拿大上学前,养的小仓鼠已经进入"老年期"了,正考虑如何安置时,一个早晨我突然发现老仓鼠已经安然地死去了,儿子略有些忧伤却也无可奈何地接受了。我们一起到公园挖个坑,将它土葬了。

小动物养得多了,只要老师布置写作文、写周记,儿子都是写他的小动物,算是观察文章吧。其中有些写得很好,老师给予表扬鼓励。有一次买回了几只小鸭子,当时他很高兴,就写了一首少儿诗《快乐的小鸭鸭》。

小鸭鸭/小鸭鸭/自从你们来到了我家/我们就成为好朋友呀。

一清早，我从睡梦中醒来/就听到你们不停地叫呀/我从床上爬起/喂你们吃食，和你们说话。

一放学，我迅速跑回家/就和你们愉快地玩耍/你们飞快地往前跑/我竟然追不上啦。

小鸭鸭/小鸭鸭/你们带给我快乐，让我笑哈哈/我希望你们能够快快长大。

只是，此次养小鸭子结局还是一样，也就一周时间，小鸭子就寿终正寝了。不过这次还好的是，没有以前难过与悲伤了。要知道，此前为小动物的死去，他可是流过眼泪的。

四年级时他是这样写小仓鼠声音的——

小仓鼠的声音是很美妙的。

记得去年寒假，我买了两只小仓鼠。带回家后一看，一只好像在冬眠，另一只好像在熟悉这个新家呢！

在小仓鼠的窝里有磨牙石，练习跑步的小铁球、小饭碗和小滑梯呢。东西多的是！

有一天，我一回家，就听见小仓鼠吱吱叽叽的叫声，好像在说："你好，我是一只快乐的小仓鼠。"

我经常观察小仓鼠。

在它们的窝里，两只小仓鼠一会儿咬咬笼子，发出"克克克"的声音；一会儿，它们又在小铁球里打闹，发出"叮叮当当"的声音。两只小仓鼠要是玩累了，就吃一点美味仓鼠食，又发出"克贝克贝"的声音。

四年级时他还这样写过他的小白兔——

我有一只可爱的小白兔。它的全身长满了雪白的毛，洁白无瑕，一尘不染。它的耳朵长长的，一双晶莹剔透的眼睛，就像两颗红水晶镶嵌在脸上。小白兔温顺极了，从来都不会伤害别人。

　　这只小白兔刚来我家的时候，我还不知道它爱吃什么呢。所以我为它准备了丰盛的"饭菜"，有胡萝卜、香蕉、羊肉、白菜叶子……后来，我发现，小白兔专门挑选胡萝卜吃。噢，怪不得它的眼睛是红色的呢！原来，小白兔把胡萝卜的颜色都吃到眼睛里去了。这只小白兔真可爱呀！

　　记得有一次，我带着小白兔到了海淀公园。一进公园，小白兔就开始在笼子里撒起欢来了，好像它也迫不及待地想在那青青的草地上快乐地奔跑呢！于是，我立刻把笼子打开，让小白兔尽情地在草地上玩耍。它飞快地在前面跑，我拼命地在后面追。小白兔怎么能跑过我呢！不一会儿，我就追上了小白兔。我把它抱起来，轻轻地抚摸着它胖乎乎的身体。我们在草地上一直玩到天黑才回家。

　　我和小白兔就像两个好朋友一样，一起生活，一起玩耍。我精心地照顾它，同时小白兔也带给我无穷无尽的快乐。

其实，现在很多孩子都养过小动物，作为玩伴，培养爱心。不似我们少年，都是顽皮地抓麻雀、逮斑鸠，也养它几天，但不上心，小动物不是饿死就是渴死，因为大人让管的鸡鸭鹅、猪牛羊都忙不过来呢。一旦不再上树捉鸟，童年也就没有了。

告别童年的祝贺

　　祝贺你,儿子! 过了这个六一儿童节,你就告别稚嫩的童年,而进入多彩的少年了。这也是你一直所期盼的快快长大。而对于我来说,何尝又不是如此呢? 希望你快乐长大,早日成人,成为社会的一个栋梁。

　　忆及你童年的成长,一切历历在目。对你的每一份爱,也始终激荡在我心间。记得早在你几个月大小时,我出差在宁夏银川转机,在机场看见几个宝宝,看着像极了你,我甚至以为就是你。我知道那是爱屋及乌。你在蓝天幼儿园汇报演出,在环保剧中扮演"风老魔",报纸上刊登的报道,我至今都还在收藏着;你在《芝麻开门》中的表演镜头,至今也还定格在我脑海里。幼儿时的你活泼大方,善结人缘,会以微笑很快和别人熟稔。你和爸爸妈妈一起去五湖四海、名山大川旅游,给很多接待的朋友留下深刻的印象。你主动接受北京电视台采访谈垃圾分类,你在餐桌上组织会议让家里人讨论几个议题,无不彰显着你的聪明、可爱和智慧。

　　陪伴着你成长,看着你一天天长大,真是欣慰。儿子,你的快乐我一起分享,你的痛苦我同样承受。有一次,你生病单独住在儿童医院,我去探视你,本来你背对玻璃窗,孤独落寞地看着护士忙碌,听到我的脚步声,你就从小床上站起来喊:"是爸爸,爸爸来了。爸爸——爸爸——"真的是父子的心灵感应吗?

我强忍泪水陪你玩耍,安慰你,爱抚你。探视时间到后,我要离开了,你哭着喊道:"爸爸不走——爸爸不要走——"在护工的催促下,我只得离去,听着你的哭喊、哀求,我的泪水夺眶而出。儿子,那次生病你受大苦了。每次探视时间快到时,你都像知道时间似的,紧紧地抱着我,舍不得松手。你让我把家里的小蜜蜂玩具带到医院,陪伴你。出院回家很长时间后,小蜜蜂玩具有些脏了,我说把它扔了吧,你还是不舍,说先留着吧,有感情的。

还记得有一天早晨在家里,我起床后看到你很委屈的样子,忙问怎么啦,你说:"太惨了。"原来你刚看完小说《夏洛的网》,你为剧中的角色而哭泣。你就是这么一个善良、有感情、有爱心的孩子。

上了小学,你的绘画,和你搭积木一样,大多有自己的创意;你玩的航模,直接高飞出校园的天空,引起全校同学的惊呼。但遗憾的是,你们班主任走马灯似的不停地换。你最喜爱的班主任离任后,后来的班主任固守传统、谨小慎微,没有很好地赏识你,在班里引导的方向也不太好,于是到了四年级下半学期后,你的欢笑越来越少了,同学间的情谊似乎也越来越薄了。是啊,孩子,学生是多么需要遇到好的老师啊!其实,以后你还会知道,进入社会,你是多么需要遇到好人、跟对好人啊!

孩子,进入初中一年来,我发现你渐渐又成为阳光、帅气的少年了。我感到你的老师是好老师,你和同学们相处得很融洽、很愉快。这么好的一个环境,你又找回了自信,找回了友情,找回了快乐!我也由衷地为你高兴!

孩子,告别童年,进入人生青少年时期,会发生很多不同之举,传统的说法都叫作"叛逆",似乎有着贬斥之意,我认为叫"突破"更为恰当。这一时期,是奠基、立志、定向的关键时期。青少年的探索、主见、主张,与父辈的经验、成见、思想肯定有冲突。我们都需要做好准备,正确应对。儿子,爸爸妈妈作为成长过一次的人,是给你探过路的,因此,在新环境下我们要更多交流、沟通与探讨,共同成长。儿子,我相信你是爱我们的。我们也是非常爱你和尊重你的。有时间我们要更多地分享喜悦和快乐，共同面对疑惑和烦恼。儿子，请记住，学习永远不是第一位的，健康快乐成长才是永恒的主题。

儿子，青少年成长必须有所突破。笋之成竹，一定脱衣拔节；蛹之化蝶，必须破茧而出；鹰击长空，那是要经过狂风暴雨彻底洗礼的！儿子，让我们一起迎接青春的暴风雨，历练成长！

儿子，今生我为你父，肯定有很多地方不尽如你意。如果有来生，我愿做你的儿子！

福云黑丫

在人的一生中，会有成千上万的过客，有的擦肩而过，甚至还没有进入记忆就很快消失；有的兴许记忆一阵子，但事后再也想不起，正如我们坐马桶时随手翻手机通讯录、翻微信，就会看到一些曾经存下的、已变得陌生的名字。

然而，有些人一旦进入你的记忆，一辈子也不会忘记，无论以后发生再多的事情，也无论时空如何变换。因为那是刻骨铭心的故事，始终让你忘记不得。黑丫，这是我生命中出现的一个重要的人，因此不得不写。

黑丫，是我的邻居，她大我一岁，也是我成长的伙伴，更是实实在在助我一臂之力的朋友。她有大名，福云或叫富云，都是很美很美的，只是乳名叫了黑丫。不过，她的脸确实有些微黑。那个时代，虽营养不良，倒也没有影响她的发育，她身体结实健壮，胸丰臂肥，差不多有 1.65 米的个子，体大力不亏，十六七岁时便像男人一样干农活。

说起黑丫，也是出身悲惨。父亲因病早逝，母亲又有些精神不正常，且在父亲去世后不久便改嫁，留下她和一个弟弟，由年迈的奶奶、年轻的小叔拉扯长大。父亲临死前的很多担忧不无道理，那些残酷的现实问题逐一出现，生活永远是在困境中，日子每天都过得非常窘迫、清苦。好在穷人的孩子早当家，她自生自长，穷巴巴的日子在清汤寡水中盼望明天。后来，小叔结婚建房成家，她便倚着小叔的房屋搭建一爿草房，上奉奶奶，下带弟弟，渐成一家的顶梁柱，挑起了家庭生活的重担。

黑丫亲热地喊我母亲"老姑"，母亲也是"丫头、丫头"亲热地叫着，像母女。农闲时或下雨天，黑丫有事没事都在我家里，和我母亲、我姐姐说说私房话。我们也曾经一起放牛，也一起在河里泡澡，一起在夜晚很远地追看露天电影，还曾一起赶过集，而她更多时和姐姐形影不离。

这些都不重要，重要的是因为有超重的农活，她实实在在地帮我接过肩头的重担甚至生命极限的重担，所以我一直感激她，把她当作贵人，曾经生命中重要的人。

我本在外读书，加之身体单薄，虽不能说是一介书生"手不能提肩不能扛"，但也确实提、扛不了多少重担。偏偏上学与农活从不矛盾，暑假自不必说，就是上学与农活严重冲突时，也是以农活为先。可怜我的小身子骨了。

"阿公阿婆，割麦插禾"，布谷鸟绝不是一个好东西，声声催，声声累，声声泪！

因为母亲没有经验，承包土地的时候，分了一块离家很远的田地，农活的重担更增加了许多。平时看管、灌溉路程很远自不必说，单说麦收、插秧、割稻时的搬运，更是增加了无限的劳累！

插秧，必先育秧。为了早晚照看、浇水放水方便，秧苗是在家门口一块小田里培育，拔出秧苗后要人力挑运到大田里分插，这就是巨大的劳动量。

常说农民"日出而作，日落而息"，那是你的梦！真正的农民是劳累了一天后，晚饭扒拉两口，还要夜里去拔秧苗的，有时抢活很晚，甚至忙到夜里十二点。第二天一大早，又把带着露水的秧把子挑到大田，开始插秧，真正的"面朝黄土背朝天"。背部烈日暴晒，腰脊弯成虾米，两手快速配合，一手分秧推出，另一手小鸡啄米似的把秧苗插入泥水中，两腿在泥水中用力拔出、踩入，机械似的倒退着行走，动作还要快！

黑丫、姐姐她们周而复始地劳作着。而时间稍长，我便腰酸背痛，眼冒金星，咬着牙插完一垄后，倒在田埂上，望着烈日流云，再也不想起来，想死的心都有。"这什么时候是个头！"我这样说，母亲累急了也这样说。可是两分钟后你还要起来，从头再来。

这样的农活，我干得少，而已经累得行将吐血，但黑丫忙完自己家里的农活后，就把我家的这些农活当作自己家里的一样，全部参加，从头干到尾。因为她和我家关系很好。

农忙时，黑丫是连轴转的。邻居们公认黑丫人好，勤快。她没怎么上过学，一直干活，不惜力气，虽然也很累——毕竟是个女儿家，也只有十七八岁，甚至更早，就挑起了实实在在的家庭重担。她干自己家里的活，帮我家干活，其他邻居家的活她也都帮忙干，只是帮劝我家最多——我们家总有干不完的活。农忙时，黑丫更黑了，脸和手臂甚至有些像壮汉的古铜色。

如果说插秧是一个腰背痛苦的繁重农活，那么收麦割稻挑运更是沉甸甸的担子。由于身体吃亏、力气不够，加之没有锻炼出来，路程又远，可让我吃尽了苦头。麦把子、稻捆子，兴许有150斤，反正一个尖担两头挑着两捆，像两座大山压在我稚嫩的肩上，左肩压痛了换到右肩，右肩压肿了只能横放在颈项上，满脸涨得通红，全身衣服汗得湿透，如乌龟负重般头被压得伸出很长，一步一步往前驮。惹得一旁干活的表哥嘻嘻地说："行啊，还能横着挑了。"至今，我的颈椎、腰椎都有问题，我怀疑与这苦力有直接关系。然而，这样的苦力挑夫重活，黑丫做得更多。

又是一个夏收，挑麦把子。新割下来的麦子，一堆堆捆好后，用尖担挑，一次挑两捆。尖担是皖西的一种挑运农具，两头有铁尖头，中间是扁担。一般是先插进一捆里单手将其托起，再用另一头插进另一捆，双手用力托举上肩。这本身就是特耗力气的过程，而一旦上肩，中途是无法休息的。那刚割下的麦捆真是死沉沉的。由于我实在坚持不了到底，只能和黑丫两个人半途接力。

　　接力点从一开始就向我倾斜，并一点点继续向着我偏移，挑着、挑着，黑丫有了三分之二的路程，而我只剩了三分之一的路程。记得最后一次，我跨过一个沟坎后，腿一软再也坚持不下了，用最后一口气急迫地向黑丫叫了声"快来接下"，就要摔倒。累得满脸通红的黑丫快步跑过来，二话没说，扔下手中的尖担，迅速接过我那副山一般的重担往回走去。而那一个接力点已是不到四分之一的路程了。

　　我躺在地上，看天旋地转，看埂上一株月月红灿烂地开着。

　　多年来我一直在想，那么一个重担子，还有那么远的路程，她是如何坚持到底的呢？还是中途又转给别人接力了？因为累到了最后，她也是精疲力竭了。

　　后来，我上学渐行渐远，偶然回家也不再干农活了，一来就是一屋人，天南地北地神侃、吃饭、喝酒。黑丫从来没有来过。有一次回去，在屋后远远看到她，只见她急匆匆地往前走，不知看到我没有，我怔怔地看着她竟也没有打招呼。关于她的事情，我只是从母亲和邻居聊天中听一耳朵半耳朵。听说她出嫁了，嫁到了十几里地外。接下来听到的消息是，似乎说她生了个儿子。我们就再也没有见过面，一直到现在几近 30 年。想来，黑丫早已当上了奶奶吧。祝福她！

　　只是，这么多年来始终惦记她，感恩她！不管是福云还是富云，都很吉祥，希望她是幸福吉云、富贵祥云。

板栗朋友

新春佳节,有朋友来访,顺便给我带了包糖炒栗子。吃着栗子,我想起了一位朋友,曾称之为"板栗朋友"。我想起了和他的交往与友情。

我和这位朋友是 1993 年夏季认识的,至今已二十六年。

世界,总是多缘的。那年,我考上了北京的研究生。夏天,在安徽教育学院参加中美教育文化交流活动,便结识了来自大别山区的这个兄弟。课前课后他和我形影不离,我们就成了哥们。他为人很有激情,也很聪明,我便鼓励他也报考研究生。

转瞬结业,天各一方。他回到了大别山里的一个乡下初中教学,我北上京城读研。但我们一直都保持着密切的联系。那还是一个书信时代,印象中每个周末我都在写信,写完给家里的,便给他写,再给其他同学朋友写,已成固定模式。我给他提供一些学习信息,并鼓励他早日走出大别山深窝。给人希望总是件好事,何况我是真心帮助他。因此,我给他的书信,多是指点、励志、要求奋斗。我写大都市里的繁华、研究生生活的美好,以让他憧憬、向往,从而努力走出偏僻的、深深的大山。而他去在教与学中满意地生活着。

应该说那些信还是有些价值的。因为若干年后,我这位朋友的父亲来北京定居,我去看望他,老人家一见面就说我信写得好,谢谢我,并说我写给他儿子的信他都还保留着。那些信见证我们的友谊，见证我给出的鼓励、指引。写到这里，我甚至想，什么时候把这些信拿过来，再读一读，重新寻找那纯朴的兄弟感情。我的师兄张丁先生还在中国人民大学主持着一个书信博物馆，这些信可否放他那里展出呢？只是现在又过了多年，时过境迁，他们也几易其家，不知道我写的这些信老人家是否还保留着。

很多人都说过我的信写得好。一是字里行间饱含热心、真情；二是文笔优美、富有内容；三是字写得好。我写得一手好字，只是现在基本上让电脑给废了。上学期间，我还曾多次给远在安徽芜湖的一个同学写信，他后来告诉我，那些信每次都要在全班传阅。

那个时候，我盼着他来信给予了解他的情况，他盼着我的去信鼓励、指点。我们的书信往来比较频繁。他也多次来信描述着大山里的美景、美人，渴盼我能去他那里看看。他说，大山里什么也没有，只有板栗。没有冰箱，新鲜板栗不好储藏。9 月板栗下树，他就把板栗埋在湿沙里。同时，埋在湿沙里的还有几瓶啤酒。然后，他就数着放寒假的日子。我想，那我就利用寒假回老家专程去他那里一趟吧，看望他和他的父母，叙叙哥们友情，再当面给他一些鼓励，激起一些斗志。

冬日无阳，天阴冷阴冷的，坎坷的路面冻得硬滑，可这阻挡不了我的行程。我知道，有一个兄弟，在那里殷殷地等着我。那时候，农村还没有电话，更没有手机，只能按照信上的约定，我农历大年二十九，一早出门，毅然决然地踏上了访友征程。徒步走完几公里土路后，才和十几个人挤上一辆三轮车，又在石头路上颠簸十几公里，到了家乡最繁华的皖西小镇姚李，那里有过路的长途公共汽车，我将搭乘一辆，前往大别山深处金寨县果子园乡。

果子园，一个很美好的名字，我去寻你，却吃尽了苦头。

农村的年味总是十足的。过年，人是最忙碌的，或买或卖，办年货，看热闹，小镇上人来人往、熙熙攘攘，集市就在交通要道上顺势展开。

没有豪华大巴，也没有高速公路。车少人多。半天来不了一辆长途汽车，来了又是挤得满满的，都是人，下不来，更上不去。姚李镇是个过路招手站，果子园乡也是，想坐上车极其难。直到下午，我才上了车。那路程，让我想起了电影《秋菊打官司》的进城场景，只是我的路程比秋菊的还要糟糕。山外的道路坑坑洼洼，真是"车在路上跳，人在车上跳，心在肚里跳"；而山里的道路，上下盘旋，曲曲折折，突然一个急转弯，人往一侧倾斜，而车外就是深深的山涧。路滑、弯陡，坐在车上真是让人提心吊胆。

现在已不记得坐了多长时间的车，天已经黑了，终于到了果子园招手站。寒风里，朋友站在路边，已等我老半天了。可是他的家还在大山更深处的斑竹园乡，还有很远的路程。去看望他的父母已经不可能了，只能就地落脚。他扒出埋在沙里的板栗，几十斤也就只剩下几斤好的了。在路边饭店加工，吃板栗吃狗肉喝啤酒，叙友情。朋友不胜酒力地陪着喝了一杯，我干了两瓶，晚上十点多，我们回到他学校的宿舍，抵足而卧，聊了一夜。

下山的车往往比较早。第二天天刚亮，我们便来到路边等车。因为当天是大年三十，我也要回家过年了。

几个小时的相聚是非常欢快的，记忆却是永远的，直至今日。

只是后来，时间又过了许久，他有些沉沦，安于现状，不想奋斗了。他来信和我说，乡里缫丝厂厂长的女儿看上他了，追求他，想和他结婚；他英语教得好，教育局局长看上他了，想调他到县局里去。我一概给予批评，说他是井底之蛙，并让他来北京看看外面的世界。

外面的世界当然很精彩！他终于来了趟北京，背了一包山里的板栗来。我拿出来与同宿舍的同学分享，同室同学都知道我的好兄弟来了，称他为"板栗朋友"。

此次来京，"板栗朋友"去了北大、中国人民大学，感受到了不一般的大学校园文化和古老而繁华的北京文化，还联系了导师，买了一堆复习资料，又信心满满地回去，投入了新的战斗。

几年后，他上了北京外国语大学。我常去看他，给他带些水果和生活日用品去，有时还邀请他到家吃饭、出来聚聚。后来，他投入新概念英语教学中，在新东方教育任教，我帮助他总结、策划，推出激情教育模式，又找来中央和北京的媒体朋友为他鼓与呼做宣传。他还结识了我的一些好友。

再后来，他又自己出来单干，创办了自己的教育培训机构，做大做强，风生水起，红红火火，如日中天。

"板栗朋友"对母校安徽教育学院是很感恩的，捐赠回报很多。据说校园有条路还是以他的名字命名的，我得找时间回校看看、走走。

物质的板栗，也绝对是个好东西。上网一看很长知识。板栗营养丰富，所含的维生素 B2 竟是大米的 4 倍，维 C 比西红柿还要多，更是苹果的 10 多倍！栗子的吃法很多，可鲜食、煮食、糖炒、菜用。南方以板栗入菜的就有板栗乌骨鸡、板栗红焖羊肉、栗子炒鸡块、栗子炖猪蹄等。再说储藏，朋友的办法只是一种。还有布袋风干法，将新鲜板栗摊开晾几天，装进布袋后吊在通风处每天摇两次，可存放好几个月。当然，有冰箱贮存那是最好的了。

很回味朋友的板栗。只是，再去果子园，朋友已不在那里了！

李静考学

加拿大归来的女博士李静,是安徽蚌埠人。她个子不高、眉目清秀,如果不说话、不做事,李静恰如她的名字,还是很文静的。但一说话、一做事,她就不得不改名字叫李"劲"了——拼劲就来了。和你说话时她的话很多,语速也较快,她还经常抿着嘴,甚至紧咬着细牙说"我一定要办到",像是宣誓,又像是自信满满。

她经常来也匆匆,去也匆匆,风风火火。"唐老师,我马上到",来后,坐下就边说话边喝茶,能续很多次杯,可见她在外面忙得脚底朝天,顾不上喝水。事一聊完,"我得走了",她就走了,因为还有其他事在等着她办。望着李静的背影,我经常想到一个成语"静若处子,动若脱兔"。

别看今天已是归国博士,而在当初,李静考学还是有故事的。

1996 年 7 月,初中毕业的李静第一次参加中考。不知是养鸡放鸭太忙,还是玩得太疯的原因,她的成绩不够理想,只达到县重点高级中学的录取线,而不够中专师范的录取线。因为,中专师范都是第一批录取的,分数远比上高中多得多。

村里已经有一位女生在上一年度考上了中专师范,成了所有中考生的榜样——那已不是普通的人了,是足以让父母在亲友面前骄傲的"人物"了。要知道，二十多年前，能够考上中专师范，远远比今天考上重点大学荣誉还大得多。上了中专师范，就意味着吃商品粮，端上"铁饭碗"，再读三年书后就有个旱涝保收的教师职位了，就可以彻底脱离农村整日里面朝黄土背朝天的生活了。这是农村父母对子女最大的殷切期望。那时候农村人进城打工还不是太多，如果要跳出农门，只有考学，而考上中专师范绝对是最快捷、最保准的一条路了。

中考前，父亲就已经咨询了很多老师和村里的赤脚医生们，最后得出了一个结论：首选是师范，其次是卫校，而卫校要首选助产专业。这是父亲给李静设定的通往未来人生的第一步选择。很遗憾，这一年，李静让父亲深深失望，父亲说："只有一条路，复读！"

1997 年 7 月，李静又一次要参加中考了。可是，临考试的时候才知道，她没有了学籍。因为上一年度她的成绩超过了县重点高中的录取分数线，教委有通知，超过重点高中录取线的中考生不允许复读。于是乎，复读生用已辍学的当年度应届毕业生名字参加考试，当时是全国普遍现象。李静也如此，她拿到准考证时上面的名字她根本不知道是谁，其父母是谁更是无从所知。

考完成绩出来，李静的分数终于超过了中专师范的录取线。但是这并不意味着就可以被师范录取，因为此时她已不是"李静"了。父亲在接到成绩单后，一直在县城找熟人联系县教委招生办，希望能被师范学校录取。在县城的各门子亲戚朋友都找了，最后找到了一个远门的表姑，她丈夫的一个远门外甥在县教委招生办工作。

李静陪父亲在远门表姑家里等了好几天，出差的远门表姑父才回来，商量了半天，决定买些好烟好酒送礼。父亲买了 6 瓶郎酒 4 条中华烟，在一个极热的晚上送到了远门表姑父的远门外甥家里，一共花了 2600 块钱！这可是一份大礼啊！要知道，当时刚刚收上来的小麦是 2 毛 6 分钱一斤，这送的是一万斤小麦啊。

送礼的那个晚上，李静和父亲在县城里没有地方住，也没有钱去住宾馆，就在教委门口的马路上蹲了一夜。一晚上挨了多少蚊咬、流了多少汗，已经不记得了，"只记得，我妈第二天一早带给我们一大壶水，我一口气喝掉了一大半。"李静的印象是深刻的。

送礼后回家等通知没过两天，父亲在去往湖里干活的路上，遇到了初中学校刘校长。刘校长极力讲了一通读高中的好处，还说其实可以考虑让李静去读高中，弄得父亲一头雾水。再后，又等了大概一周的时间，也没有听到教委那边任何的录取消息。

终于有一天，父亲从县城赶回家，一进门就气急败坏地要找棍棒，说要去学校打刘校长。大家都莫名其妙，不知道发生了什么事。出门前父亲才向母亲扔了两句话："我家小静儿，没有被师范录取。刘校长害了我家小静儿，他搞乱了学籍。"这绝不亚于晴空一个炸雷！该找的人找了，该送的礼送了，全家都在苦苦等待李静能早日被中师录取、早日跳出农门，怎么会栽在自己学校刘校长的手里呢?！

父亲很快就回来了。父亲蔫了，还没有到刘校长家，就扔掉了棍棒，垂头丧气地自己回家了。

其实，李静的家乡还是偏僻的，信息还是封闭的。一代中师，是从1977年开始，国家为解决基层教育师资人才严重缺乏而采取的应急手段，1998年就不再招生分配了。而那时，复读生借用辍学应届生学籍考试，是全国普遍的事，基层教育系统心照不宣，绝不是冒名顶替，是国家不给初中生复读机会，要求考上高中的上高中，可是农村贫穷家庭没有实力上高中，况且高考又是千军万马抢过独木桥，上了高中又如何，又有几个人能考上大学?

朴实的农民都只看近在眼前的利益，考上中专师范就祖坟冒烟、就是"国家干部"了，就每月有粮有面有油供应、就每月能领工资薪水了，这在世世代代农民家里谁能有！

没有上成中师，没有别的选择了，如果要想读书，只有一条路：读高中。当年李静考了学校的第四名，前三名都被中专录取了，一位郑同学和一位韩同学读了中专师范，有一位孙同学读了省城的一个中专轻工业学校。

高中三年，李静非常努力，拼劲十足，高考时考到北京一所重点大学。

李静走进大学校门的时候，读中专的初中同学也毕业工作了。郑同学被分配到本村的小学教书，但这位同学很有超前意识，他意识到父母给自己选择上师范的决定不一定正确时，就拼命自学法律知识参加成人自考，五年后考上了法学硕士研究生，毕业后到了南京一家法院工作。韩同学毕业后也被分配到本村的小学教书，他性格内向，不善言辞，可能是工作不开心或者是有其他什么想法，就辞职回家了，每天在家看书，可谓是现代的范进。每周他妈妈都要去县城图书馆给他借上两袋书，用自行车驮回家给他看。在家苦读了几年后，李静大学毕业那年，他终于考上了当地的一个师范类大学，学的却是非师范类的专业。而孙同学2000年从中专学校毕业后就遇上了国家不再包分配的政策了，他就回到县城自己做点小生意，再后来就自己干起了装修一类的生计。他是当年班里最聪明，最有天赋的一位，也是当年全校中考分数最高的一位。

李静大学毕业后，又考上了清华大学的研究生，再出国到加拿大读了博士，那是后来的事了。李静再回母校，刘校长每次都说："还是上高中好吧。"

时代的变迁，个人的奋斗，命运在两者间既博弈，又妥协。上中专师范还是上高中，孰祸孰福，当时又有几人能看透后来的结果？小人物只能随着大潮随波逐流，李静如此，李静的同学们亦是如此，每个人都是如此。

第四部分　逝者如斯

想念您，姥姥

姥姥离我们而去，已是十五年了。多少次想念您——天堂里的姥姥，您一切好吗？如今，我们一切都改善了，衣食无忧，想报答您，您却逝去了。真是印证了那句老话：子欲养而亲不待啊！

姥姥对我们家是有大恩的。对母亲的养育之恩，对我的关爱之恩，对我们家的帮济之恩！

家遇不幸，在我幼年的时候，父亲过早地离去了。无依无靠的母亲，带着我们姐弟三个幼子，回到了姥姥的身边，却从此，给姥姥增加了更多的操心、操劳。

姥姥是1912年出生，属鼠的。我不知道她的名字，只知道她娘家姓孙。我姥爷姓张，姥姥也就是张孙氏了。姥爷也是病逝得很早，在20世纪40年代就去世了。姥姥一生有七个子女，五男二女。大舅、二舅早立门户，其他子女都是她拉扯长大的，极其不易。

虽然1912年"中华民国"已经建立，但是姥姥那个时代出生的人，都还得裹着小脚，因此，走起路来很有些费力。姥姥吃力地承担着一个大家庭的重荷，操心操劳。在三舅的帮助下，四舅、五舅也都结婚生子、独立门户了，大家庭都住在一个四合院里。母亲带着我们回到姥姥身边后，姥姥更是为我们操了很多心。她住到我们家里，总是早起晚睡、家里家外忙碌着，直到我们渐渐长大，她才搬回家去，由大舅伺候生活。

姥姥也有歇息的时候，那是夏天的晚上。南方的夏天总是很热，晚上纳凉那是必须的。一到晚上姥姥一大家加上我们一家，还有些邻居，二三十人在一个平台上一起纳凉、聊天、讲故事、听邻庄里卢小胖子敲鼓说书。有时铺席而卧，看满天的星星。天空很低，那星星真是疙疙瘩瘩地叠在一起，很亮很亮，有的星星似乎在不远处，你伸手就能摘下来，时而有一颗流星划过。姥姥就会说，不知谁又要死了。因为我们总是认为，天上一颗星，对应着地上一个人，星落人就亡。

姥姥常年穿着老式青色偏襟大褂，夏天也是如此，以致身上老是长些痱子。因此，夏夜纳凉给她老人家挠后背，是孙女、外孙女们每晚必做的事情。

姥姥搬回去住后，每天都要来我们家多趟，看看火灭好了没有，门锁好了没有。有一个早晨上学，我和姐姐闹别扭，我后出家门却斗气不锁门。半天上课我心里都不踏实，在想这个事情，生怕家里丢了什么东西。放学后我飞奔回家，却发现门已锁好了，钥匙放在老地方。我相信这肯定是姥姥来给锁上的，我没有追问过，但直到现在我都是这样认为的。

爱屋及乌。姥姥不但对我们好，还对姐姐的孩子小娟好。小娟很小的时候就到了我们家，每次有好吃的姥姥就叫她过去吃。记得有一次，姥姥杀了一只鸡，叫小娟过去吃鸡腿。三四岁的小娟端着一碗米饭，上面顶着个大鸡腿正吃着，却悲催地被一只大公鸡给啄走了。小脚的姥姥赶忙过来撵公鸡、追鸡腿。

小时候家里很穷，每到开学时母亲总要去找大舅借钱，五块十块的，大舅不乐意借，还数落着："天天就知道借借借！不知道让他们回来干活嘛。上什么学，下地干活多好！"母亲也总是哭着回来。过一会儿，小脚的姥姥会一步一挪地把钱送过来。真的要谢谢姥姥！谢谢大舅！

我们家占了姥姥、大舅家很多便宜。借米、借油、借盐不说，有时候来个亲戚，还要打肿脸充胖子借几个鸡蛋招待，真的是前门留客后门借米啊。可借了有时真还不起。你想想有时盐都得借,那日子过得实在艰难!没办法再借时,大舅就会说:"借借借,上次借的还没还呢。"但说归说,除了少有几次空盆而归外,大多数时还是能再借一点的。否则,真揭不开锅。有一个晚上,又没粮了,没有做饭,一家人饿着睡下。半夜,姥姥用衣服前襟捧着点碎锅巴,让长身体的我们填了填肚子。

现在想,穷人的孩子是不是真不应该读书呢?越穷越读,越读越穷,恶性循环。知识是可以改变命运,可也不是所有人都改变了命运,甚至只是改变了一小部分人的命运。读书就是赌,赌命运。

再后来,我在北京工作了,姥姥很为我骄傲,自己也很高兴。我每次回去,给她点钱,她都不要,我只得硬塞给她,让她买点好吃的。

穿着老式的青色偏襟大褂,梳理着整齐的花白发髻,或走或坐,或说或笑,姥姥逝去十五年了,这十五年也是我比较忙的十五年,可她的音容笑貌、拾掇干净的形象,一直深深印在我的脑海里,并时时浮现。虽然姥姥去世时已是91岁高寿,但母亲一直认为,只要好好医治,姥姥还是可以更加长寿的。而那时我在北京,因为特殊的"非典"也不让回去,有关事情我也没有更多地过问。如今,这些只能成为永远的愧疚,永远的心痛!

天堂里的姥姥,我想念您!

奶奶的回忆

奶奶是深爱着我的父亲的。

对于父亲的死,奶奶伤心至极,以致影响着她的余生。我知道,那绝不是简单的白发人送黑发人的打击,那是致人死命的绝望的彻底重创。从此,奶奶只生活在对父亲的追忆与思念中。后来读书了,知道了鲁迅笔下的祥林嫂,奶奶不似那样,除了悲愤、痛哭之外,她说得并不多,她在心底流泪、流血!

父亲死后,妈妈带着我们搬了家,搬到了外祖母的村子里。并且携带着父亲的灵柩,将它安葬在与我们住处相对望的一座丘陵上。我们这里,离奶奶的家少说也有十来里的路程。

那时候,我还很小,3岁,现在根本记不起那时的事了。即使后来上了小学,很多事儿现在也还是记不起多少。但奶奶什么时候来、来时的情景,我至今清晰地记得。

每次中午从学校回来,远远地听到撕心裂肺的哭声"我的儿——啊——",我知道,奶奶来了,她是在父亲的坟上哭呢。

那个时候,奶奶是经常来的。每每都是很早就来了,直接来到父亲的坟墓前,一哭就是半天,直到中午我们放学回来,去父亲的坟上,将奶奶一次次架起、劝回。奶奶痛哭不止,捶胸顿足,以脸伏地,以至于嘴角上都是白沫和土。

来得多了，哭得久了，加之生活的担子太重了，母亲就有些抱怨，说："老哭有什么用啊！谁能帮你啊！"说实话，母亲对父亲的逝去，是有些既痛又怨的，父亲撒手人寰，扔下三个年幼无知的孩子全交给她一个人，不说感情生活，就是我们吃饭都是问题。要知道，那年母亲才 27 岁啊。她的肩上要扛起多么沉的重担！

后来，奶奶的岁数越来越大了，来得就越来越少了。

而我们每年正月，必由母亲带着，去奶奶家拜年。

奶奶疼爱我们，想着父亲，抚着我们的头，她就哽咽，就哭泣，断断续续地回忆说，你父亲活着的时候啊，每天晚上从外面回来，无论多晚，都要来到我的窗前说几句话，问，妈，您睡了吧？没有什么事吧？岁月的风刀早已让母亲变得坚强，这时候她就会说："哭什么哭？大正月里，还说这些。"在老家，欢天喜地的正月里，哭泣与说死人都是很不吉利的。

而除了见到我们就思念父亲以外，奶奶对我们去看她，还是最欢喜的。她给我们找最好的东西吃——其实她和爷爷都年事已高，生活全靠村里救济着，根本没有什么好吃的东西——母亲说，奶奶把藏在老鼠窟窿里的东西都扒给你们吃了！

到了上中学时，我能独自在暑假里去奶奶那里了，奶奶很是疼爱我，到邻家的枣树上打枣给我吃。邻家有时不让，奶奶很是生气，说，打几个枣给小孩子吃有什么不让的！

再后来，我的学越上越远，奶奶的家似乎去得越来越少。而毕业后我来到一所农村中学当老师，离奶奶的家却是很近很近了，可奶奶那里我去的次数似乎也并不多。

那时候，少不更事。除了刚工作很多时间花在教学上外，剩余的时间，更多用在几所中学之间一批年轻教师的篮球交往中。性格使然，哥们义气，这相互往来打了篮球之后就是吃饭喝酒，再加上同学同事红白之事还要送礼，搞得月工资只有 64 元的我经常手头非常拮据。我很少去看爷爷、奶奶，更别说买个什么特别的东西孝敬他们、温暖他们。只记得给过他们一次或许两次 10 元钱。反正不多，很是有限。

再后来，对奶奶的记忆就是她逝去的场景了。

那是一个农历正月十五，天阴冷，不停地下着雨。上午，忽然有人送信来说奶奶病重了。母亲连忙赶过去，赶到的时候奶奶已经病逝了。此时爷爷也病得很重，躺在床上。

我在外，第二天才赶过去，忙着张罗给奶奶出殡。大家刚忙完奶奶的事，又有人说，爷爷也不行了。

据母亲说，奶奶走后，爷爷开始神志还是清醒的，还想着自己一个人将如何生活。一夜过后，爷爷开始说一些胡话，渐渐地什么也不说了。在奶奶走后的第二天里，爷爷也跟着走了。一个脚前一个脚后，两个人就这样一块走了。两个人都没有给我们留下什么话。

现在想来，我也是深爱着奶奶的。考研究生毕业留北京工作后，我还经常梦见奶奶，直至现在我还常常想起她。而此时她已经去世十七八年了。她的音容笑貌我还是印记在脑海里的。只是我知道，她一张照片都没有留下来，甚至我不知道她这一辈子有没有照过相。我不能将这印记在脑海里的图像复述给别人，我也不知道这印记的图像到底能保存多久。

三　　舅

三舅的祭日,是农历九月二十八日。

时间过得真快,三舅已经去世一年多了。说实话,这个日子我是没记住的,还是前天姐姐打电话来说到此事才知晓的。于是,又顿生了怀念之情。

身在北京,无法到三舅的坟前凭吊,也无法烧几张黄纸以寄哀思。这时候就想到了香港、澳门的街头,很多处有大铁桶摆放着,专供人们燃烧祭品,以表达生者对死者的绵绵哀思。既方便,又安全,还有一定的环保性。

活着的与逝去的,感情往往是割断不了的。在一些特殊的纪念日子里,如清明、鬼节、祭日等,甚至是万家团圆之时,总会想起那些逝去的亲人。这时候,烧几张黄纸,表述表述缅怀之情,这应属中国的传统文化。而在北京或内地的其他城市里,还没见过给活人和死人这样的方便。城市发展还要推进人性化啊!

黄纸没法烧,但哀思一直在心底。一年多来,时时想起三舅,想起所有记忆中的三舅。

我有五个舅舅,大舅、二舅成家后即分开居住。四舅在外当兵,后在县城工作,小舅是我母亲的弟弟,年龄较小。三舅在他们家是主事的,年岁与我父亲同龄。因此,父亲和三舅交往较多。后来母亲多次和我讲,在我父亲出事的那当口，三舅正在水田里拔秧，三舅说，只听他身后的水啪啪响个不停，回头一看，什么也没有，再弯腰干活，又是如此。三舅说，可能是我父亲来向他告别的，并把我们一家托付给他了。

从此，三舅默默地承担起了这个冥冥托付。

家庭变故后，母亲带着我们姐弟三人，搬到了外祖母所在的村子里居住，以期有个照顾。事实证明，的确如此。这照顾，除了外祖母的殚精竭虑、无微不至外，三舅给予的照顾更为直接，力度也更大。

首先是盖房。据母亲说，我们一家搬过去后，暂住在外祖母家里的一处偏房。在那一个四合院似的庭院里，住着我的几个舅舅和各自的家庭，人口众多。三舅提出在院外单独给我们盖几间房。在农村，盖房可是件大事。三舅就不分白天黑夜地干，并请邻居帮忙，准备土坯，选好栋梁，一点点垒起，一根根架上，最终让我们有了一个属于自己的"窝"——母亲经常这样说——就在那有温暖、有痛苦的三间土坯草房里，我一住就是二十多年。

乡里乡亲都知道，三舅是个干农活的好手。他总是默默地扛起他们一大家的重活、苦活，并照顾着我们一家。

后来，在县工业局工作的四舅寻找了一个机会，让三舅去县水泥厂食堂做饭。拿上工资，不用再干又苦又重的农活，这在当时那可是一件改变命运的事。从此，三舅在经济上给我们的资助更多了。

三舅终生未娶。每次回家探亲休假，更多的时间是我们陪着他。他也很高兴带着我们玩。印象最深的是，有一年春节，我们玩从电影里学到的竹箭报信。电影名字现在已记不起了，反正不是反特片，就是战争片。我们用竹子自制弓箭，箭头上搭一个鞭炮，点燃后直射天空，在空中爆炸，响彻云霄。我们准备好后，三舅也弯弓搭箭。我们一次收一分钱。大家玩得很开心，我们也赚钱赚得很快乐。

想想，那个时候一直期盼着过年，盼望着三舅回来。除了带些糖果给我们吃外,就是偶尔还能弄点小钱。平时我们是没有一分零花钱的。过年舅舅们给的几毛几块的压岁钱,也是必须交给母亲的。因此,能弄到一丁点的小钱,也就是我们一年半载的零花钱了。三舅常让我们帮助家里做点事。而每做一件事,挖个坑、栽个树什么的,我们都想讨价还价,都想从三舅口袋里抠出一个子儿来。现在想来,真是少不更事,不知道当时伤了三舅的心没有,他会不会认为我们懒惰、贪钱、没出息。现在,随着三舅的离去,我再也无法获悉他当时真实的想法了。

其实,那个时候,也许艰难的母亲更盼望着三舅回来,给个十块二十块的。我们的学费、农用化肥钱、买猪崽养猪崽的钱,等等,到处都等着钱用。三舅对我们资助很大,母亲也很感恩,总是把家里最好的东西都做给三舅吃。虽然有些时候我们很馋,但我们都很懂事,都认为那是天经地义的。三舅吃东西的时候,我们从来都是乖乖地走开。三舅也总是把一部分又留给了我们。

三舅是个食堂师傅,工资很低,那点钱全是靠省吃俭用节余下来的。他上有白发老母,下面侄儿侄女又多,我们一家又靠着他的资助,因此,他花钱的地方很多,有时候也是捉襟见肘,抱怨钱花得太凶。

再后来,境况就慢慢地变了。随着我们不断地长大,我们家不但解决了温饱问题,而且还有酒喝了。三舅爱喝酒,更爱喝热闹酒,每次喝酒喜欢划两拳。而我们不但能买得起酒,还能陪他喝两杯、划两拳。因此,后来回来的时候,他更多地待在我们家了。在很多个冬日的夜晚,室外寒风凛冽,室内我们推杯换盏,高谈阔论,欢声笑语,其乐融融。

这样快乐的时光度过了好几年。后来我继续读书,在北京读完研究生后就留下工作了。过了几年,哥哥也来到了北京。我们和三舅相聚的机会越来越少了。偶尔我们回去的几天里,能见上一面两面。可能是年轻时体力过苦,退休后三舅渐有诸多不适,身体一日不如一日。给他点钱贴补贴补,他又坚决不要。那个时候,他还是经常从县水泥厂回乡的,一是外祖母仍健在,二是和我母亲聊

第四部分　逝者如斯

157

聊往事。这期间他回乡都住在我们家里，由我母亲照顾。三舅也是有些个性的，一有什么不适，他就要走，要回水泥厂——那里是他的家。

现在想来，真有些愧疚，我对三舅的关心还是太少。断断续续地知道，三舅身缠好几种病，高血压、糖尿病，并且肾也有些问题。治疗上他也不太在意，加上平时在厂里，也得不到更多的照顾，于是身体一直时好时坏。

再后来，我把母亲也接到了北京，外祖母也过世了，三舅拖着病躯，还是一个人住在水泥厂。有时候，他到我姐姐家小住。由于身体始终不好，他也不愿来京看看。这样，我们相见就更少了。只是知道他在不停地住院、出院，再加上亲戚、朋友间的一些琐事，让他心情也不好，身体状况更差了。

有一天，我尚在成都出差，突然接到同在水泥厂我同学的电话，说三舅病重了，也无人照顾，神志都不清醒了。母亲和哥哥从北京赶紧回去，没说上一句话，三舅就走了，一个人凄惨地走了。诸多事务缠身，我也没能回去送别，再看上三舅一眼。但我知道，三舅永远刻在我的心里，不会忘记。三舅永远是我应该感恩的人。

清明回乡扫墓祭祖，我来到三舅的坟前，烧了一堆纸，放了一挂鞭，磕了三个头，心里还是沉甸甸的，深切怀念。还是那句话，岁月如梭，沧桑变幻，九泉之下是亲人，黄土上跪着我们的双膝。我等谋生在外的游子，忙碌奔波在各自的事业里，也只能在这个时候，以这种方式来寄托我们对已然逝去的先人的缅怀之情。

忘记不了三舅。前几天晚上做梦，依然相见，音容笑貌仍如以前。

三舅肖虎，享年六十有六。

大三舅

　　和母亲一奶同胞的舅舅，我有五个，其中排行老三的我叫三舅。但舅舅们堂兄弟共有九个，于是，我们把堂兄弟里排行老三的叫大三舅，以此区别。虽然大三舅去世较早，但我对他的记忆很深刻。

　　大三舅能说会道，常给老家里很多红白喜丧之事做主持、总管——叫"咨客"或"支客"，张罗着事情如何一步步有序进行。他也会"盘道"——江湖里的双方了解、交流，因为他本人可能就是江湖之人。比如，喜丧之事常有丐帮来讨钱，并且要得比平时多得多，否则不走，这是惯例。只有江湖之人出面盘道，分出分支、辈分，说些客气话，再送些烟酒喜钱，才能摆平。

　　那时候，大三舅时常来我们家。除了每年正月初一给外祖母拜年必来我们家坐坐外，平时也常来我家看看。大三舅个子较高，爱戴个毛皮帽，腰间系着黑色的粗布带，很有些像座山雕手下的一个土匪。

　　冬日里，围坐在室内的火堆边，大三舅就给我们讲很多他的经历，或者他听说过的逸闻旧事。小时候，文化生活极其贫乏，没有书看，没有电视、手机、网络，收音机也是20世纪80年代中后期才有的。20世纪70年代我们什么都没有，特别喜欢听大人谈古说今。如果说大舅是说古最多的话，那么第二个当属大三舅。大舅说的多是姜子牙商纣王、秦琼罗成、薛仁贵征东、薛丁山征西、佘老太君穆桂英、梁山一百单八将、朱元璋刘伯温，以及狐狸鬼怪清前的那些人和事，而大三舅说的多是胡家卢家、岳葫芦子、李家圩子民国土匪那些事。时间过去了四十多年，那时候又太小，很多具体内容都不记得了。

我们用冬储时刨来的树根、准备好的劈柴把火烧得很旺。大舅、外祖母、母亲，还有我们几个孩子，和大三舅围坐在火堆旁。大三舅把帽子扶正，就说开了。他常说土匪攻打地主圩子，多少条长枪短枪，地主家丁多少条长枪短枪，打得如何激烈；谁与谁团伙争斗抓住了谁，砰一声给崩了报了仇；又说胡卢两个地主家族争斗，谁让谁如何丢脸难堪；又说土匪如何绑票，抓来人吊在梁上，把大扫帚点上火燎烤逼要钱财，讲得最多的就是岳葫芦子、李家圩子。

大三舅口若悬河、绘声绘色，中间还有两方面的直接对话，讲到激烈处，时常自己会先嘿嘿一笑，头一偏，往外随意吐一口唾沫，再用手一抹嘴角的白沫，继续讲开去。我们把胳膊支在腿上，小仰着头，看着大三舅，听得如醉如痴。有时候夜里，讲得晚了，外祖母双手拢着袖子，就在火堆旁打盹。母亲说："妈，您去睡吧。"外祖母总说："不急，等会吧。"可能是有名有姓、真实可信，大舅也知道其中一些事情，有时他一边添柴，一边也会问上个一两句。

大三舅说的岳葫芦子是当地的一个土匪头子。他说，毛狗洼是岳的一个地盘——毛狗是当地对狐狸的称呼，毛狗经常出没的地方，可见是个偏远荒野之地。因为岳葫芦子是1951年4月才被镇压，当地解放时"卯"了这个"洼"，那个地方又叫"卯个洼"，也足见岳葫芦子势力之大，不好消灭。

大些后我去那边上学，曾去过毛狗洼，一条土街，两边住着几十户人家，有些房屋已经翻建，没有拆掉的老房子依然住着人，墙上有很多枪眼。

大三舅有时用手比画着，带着佩服甚至崇拜的口吻说，那个岳葫芦子，自幼习武，个子不高，跑得飞快，能翻墙上房、飞檐走壁；他双手使枪，左右开弓，百发百中。因为他一会当土匪自己为王，一会投国民党，一会又投共产党，甚至还投靠过日本人，就像一个扳不倒的葫芦，所以就得了这个绰号。岳葫芦子活动于湖北、河南、安徽三省边界二十多个县市，厉害得很，解放军费了很大的劲才把他抓住枪决。

再说李家圩子，在家多年，我竟没有去过。前不久回乡，专门去游览了一下。据说，李家最辉煌时有二十万亩地，庄园占地近百亩，有四百多间房屋。只是眼前落败不堪，损坏得严重。

大三舅说，李家圩子建在清咸丰年间，特别讲究风水，"靠山出人，近水出财，金银都归洼处来"，是"藏龙卧虎"之地。宅外很远处就有一条防卫壕沟，宽两丈许，深数尺。壕沟外边巨石护岸，壕内墙用丈余条石自水底垒砌，上接城砖高耸丈余。砖墙上有卧、跪、立三排射击孔。在圩墙的东、西、北三面竖立六个炮楼，突出在墙外。炮楼三面都有枪炮眼，可供射击，易守难攻。

此次去看，这些早已被荡为平地。我们驱车直接到了第二条壕沟前，看到一些房屋。紧靠门前的沟坝口，还有块上马石，说是在此处武人要下马，文人要落轿。而所说炮楼之处都是一堆乱石。曾经的武力与辉煌，已都成为历史的烟云。

大三舅说，李梦庚是 7 岁入私塾，后考入安徽法政大学，曾任霍邱县及安徽省参议员，当选过候补"国大"代表，1949 年逃到天津被解放军抓获枪决。那时候李家不得了，"马跑百里不吃人家草，人行百里不喝人家水"，在上海、南京、天津多个大城市有工厂、银行、当铺、学校、戏院 45 处，土地面积是全国地主庄园中的第一，政治势力仅次于全国最知名的大地主刘文彩。

现在想来，大三舅似乎当过土匪，跟着岳葫芦子干过，不然那么多事他能讲得身临其境、活灵活现？李家圩子大三舅是去过的，只是不知道他是去打长工，还是拿着长枪去攻打炮楼。然而我又不明白，如果他当过土匪，新中国成立后他又是怎样洗白当成贫下中农的呢？难道他一直向往着当土匪，把土匪当作英雄，把道听途说的这些故事瞎编出来，津津乐道沉浸其中？他的穿着有些匪气，他的故事也有些匪气。

　　大三舅还有仗义之气，在老家也比较有名，打架的吵嘴的，天灾的人祸的，邻里矛盾调解，应急问题处理，邻里们都找他，他处理得比较公平，大家也都服他、听他。谁家有困难，他都会伸出援助之手。

　　大三舅对我们家也是有恩的。当初家里搬到外祖母家居住时，日子窘迫。大三舅便串联，一家家地找其他舅舅，要每家给一块猪肉或一些米面，解决我们家的生活问题，帮助我们渡过难关。他叫我母亲为"老妹"，"老妹现在家里困难，孩子又小，我们做哥哥的都要帮她一把，过好这个年"，他一家家这样说。于是，每个舅舅都送来些猪肉或米面，那个春节没闹饥荒。以后，每年正月里，我们都去大三舅家给他拜年，一直有十几年。只是后来他去世时，我在外读书，没能见到他老人家最后一眼。

　　很多年过去了，我时常会想起大三舅的匪气和义气来。

邻居老猫

一看这标题,很多人可能以为我要写一个很有故事的动物呢。其实,我要写的是一个人,大名孙明,绰号老猫。为什么有这样一个绰号呢？或许因为自小他就像猫一样,爱捕鱼、吃鱼？还真是这样。在我的记忆里,他早年确实是经常背着鱼篓扛着渔网,到处撒网捕鱼的。特别是每当春雨来临、夏雨暴发时,他成天都是如此模样。越是风大雨大的时候,他越是在外面穿梭,在风雨中穿着蓑衣、戴着斗笠,在库边塘边,一副行家里手的样子信心满满地到处捕鱼。我们见着他时,不管雨再大,都要冲过去看他的鱼篓。鱼多的时候他很得意,而鱼少的时候他会说,"刚出来、刚出来"。称他为捕鱼老猫,真是恰如其分。

20世纪80年代后,改革开放初期,生态环境遭到极其严重的破坏,形成了有河皆干、有水皆污的局面,野外捕鱼已快成"非遗"了,我再也没见过他背着鱼篓扛着渔网神气十足地走在风雨中的形象了。不捕鱼,他的背也渐渐有些驼了。邻里乡亲们没有改口,"老猫""老猫"一直这样叫着,一直到他老。再后来出生的孩子,没有看过他捕鱼,可能更纳闷了,好好的一个人,怎么叫老猫呢？

除了捕鱼,老猫和我还有很多交集。虽然他比我大30多岁,甚至更多,但他是我的一个成长伙伴。

说实话,我从没有当面叫过他老猫或者孙明。因为从年龄和成长过程来说，他是我父辈那一代的，他的童年、青年，都是和我舅舅们一起长大的。他应该和我三舅同年，并且是小时候的玩伴。我怎能不礼貌地直呼其名甚而至于叫不雅的绰号呢？当然，背地里我一直都是那样叫，孙明或者老猫。

这种不礼貌的当面直呼其名或者叫绰号，我是有过教训的。我曾叫过沾亲带故的长辈一次"雷麻子"而挨了多次批评，从此我再也不敢放肆了。有了前车之鉴，所以老猫孙明，我是从来没有当面叫过的，也从来没有称谓过他其他什么。现在想想，也是奇了怪了，那么多年的交往中，见面我是怎么称呼的呢？

先说下棋，我俩断断续续地下棋应该有个五六年。乡下农村也没有什么娱乐，就是下下象棋、打打小牌。他们那一代，家乡象棋下得较好的有他，还有张家的一些人，如张友怀、张友河等。那时候，当地下象棋风气较浓，每年乡里区里县里都举行象棋比赛。一到农闲，或是雪雨天干不了农活时，都是下象棋的好时候。他们下棋，我捡着棋子，看着、看着就学会了。

因为老猫是一个人吃饱全家不饿的人，加之又是近邻，所以当他手痒，不能及时找到下棋伙伴，或者雪雨天不便走远时，他便来找我下上几盘。有时我也跑到他家里找他下棋，只是次数很少。刚开始，我大多都是输给他的，他随便走走就能赢，我五局赢其一就是最大收获。

他下得漫不经心，跷着二郎腿侧坐着，手夹着烟悠闲地抽着，一边和我下棋，一边和旁边的人聊着天，瞄一眼棋盘，再东张西望地说笑着。而我不服输，又能不断总结经验教训，所以棋艺逐步提高。渐渐地，我们就旗鼓相当了，都要下得很小心，五局三胜就是赢，谁输谁赢都正常。

有知识，真可怕。回到我和老猫下棋。后来，我到外面读书，顺便翻了翻几本棋谱，回去再下，他再也不是我的对手，五局他是一局也赢不了。

每到一局快要落败时，他会长时间地盯着棋盘，背也似乎更驼了，整个头都伸在了棋盘上方，甚至挡住了我的视线。夹在手上的烟也忘记抽上一口，以致烧到根部烧痛了他的手指，他一惊，连忙扔到地上，再用脚给踏灭。然后，目光又死盯在棋盘上。一段时间后，他会转脸往地上吐一口唾沫，说："又输了，再来。"由于水平悬殊太大，这样下棋已没有意义了。再加上我事情较多，闲暇时间太少，也就渐渐不再和他下棋了。

棋不下了，我工作了，每次从外面回来，有时便叫他过来喝酒，这样，我们的交集便从棋盘上转移到了酒桌上。老家人喝酒喜欢热闹，一是人多，邀五请六的满满一桌；二是划拳。我理解的划拳有三层意思：一是主人热情，通过划拳行酒令能把酒喝下去；二是大声叫喊吐吐酒气，客人能多喝一点；第三是最重要，就是喝酒要喝出动静来，告诉左邻右舍谁谁家又高朋满座喝酒了。如何顺其自然地告知呢？那划拳大声吆喝、喧哗连天便是最好的方式了。喝酒人、划拳人一个个天不怕地不怕，那场势只有主人能够驾驭，因此他最满意、最得意，甚至感觉人生很成功。

再说我和老猫的喝酒划拳。我学拳的时候，老猫说他划拳厉害。确实，他胜多输少，在他的那个圈子里也算是个高手。他赢了，很得意地抽着烟，看着输者做痛苦状把酒喝下去。不过，从他赢到我们平手不相上下，那只是一个很短的过程。渐渐地，随着我酒局的增多、划拳的频繁以及历练的增长，他的拳术根本就不是我的对手了，十拳他能赢上一两拳，那都是因我的大意。每次输了拳，他都羞愧不已，双手捂住脸往下抹一把，伸手就去端杯，摇摇头说："又输了，我喝。"这时候他的烟瘾似乎更大，只要你递给他，他会用上支烟烟蒂点着下一支，一支接着一支抽。

我总结认为，划拳能赢一是自己要有酒量，这是底气；二要迅速掌握对手的行拳规律，同时要不断变幻自己的拳术套路，头脑清醒、反应灵敏、胆大心细，该逮拳的逮拳，该坐拳的坐拳，该追拳的追拳。这些老猫是不会想到的，他总是误打误撞随意而猜，赢了窃喜，输了就喝。

划拳不行，那拼酒量。老猫的酒量也还是可以的，半斤八两的不在话下，起初我们还差不多，再后来他也喝不过我了。不是他的酒量减少了，而是我的酒量增加了。酒量不行，拳术也不行，酒桌上他根本就不是我的对手。不过，我们还是喝，冬日里，春节季，经常喝。三舅从外地回来，我们也会叫上老猫一块喝。喝得他满脸通红、眼角堆着白眼屎，晃晃悠悠地走回去。喝多、喝醉的，总是他们。

再后来我到北京读研究生、在北京工作，偶尔回去，他听说了肯定要过来看一看、坐一坐。我散散香烟，也留他下来喝一杯。这时候，他问的多是国家大事了，我虚以应对。

"台湾能不能收得回来？"

"一定可以的。"

"小日本咱们打得过吗？"

"一定可以的。"

除了国家大事，还有一些乡间传说、谣言甚至诈骗之事，他也问我。

"突然就中了奖，是一辆轿车，说是交完税后就能到北京领了，能交吗？"

"不能交。"

"说是老蒋逃跑时沉了一船黄金在海里，现在集资打捞要交 5 万，捞上后能分 500 万。"

"那是骗局。"

"不过我连 500 元也没有，他骗不了我的。"

棋是不下了，拳也不多猜了，开饭时喝上几大杯，晕晕乎乎的他回去睡觉了，我又开始接待下一拨老猫们了。

北京的条件改善后，我把家人都接到北京生活、工作了，故乡已经成为宾馆、驿站，多是清明回去祭祖扫墓时才到庄上看看。倘若遇着老猫，递支香烟，寒暄两句，几分几秒便要告别。更多次是不曾见着他，渐渐地他便是记忆里的老猫了，如今已是逝去的老猫了。

卢小胖子

卢小胖子是大家叫他的绰号,他大名叫什么,我还真不知道。你不要以为他是一个小孩子,他其实是个大人,只是因为有些胖了,大家就这样称呼他——要知道,在那个物质不丰富的年代,胖子是很少有的,这也就成了他的特征。

卢小胖子个子不高,有些圆滚,是我二舅家的邻居。小时候,我常去二舅家吃住,一放学就从学校跑过去了,也常和卢小胖子的二儿子新年一块玩。可能是我身轻、灵活、敏捷,新年比我高大、壮实,摔跤打架却不是我的对手。

饭后,我们又一块儿在场子上玩,我又把新年摔在下面了,我骑马奔跑般地压在他身上。护犊心切,这时侯卢小胖子跑过来用力把我翻到下面。二舅妈看到了,很生气:"小孩玩打架大人帮什么忙!""我也就是帮他拍拍衣裳上的土。"俩人为此还吵上了一架。

再过两年,有些大了,我听说卢小胖子是参加过抗美援朝复员回来的,但因为家族有地主成分,挨批受斗过,也没见过他有"参军光荣"趾高气扬的一面,他还是比较老实地接受教育的,走路不紧不慢的,有些踱着方步。据说,新中国成立前,他们家族确实是大户人家大地主。解放后,革命是无情的,他们上辈人挨惩罚很严重,比如,大冬天把池塘上的冰敲破,把他们装进篮子扔到冰水里,再用绳子拉到池塘对面,不管冻死冻活。"不让地主分子翘尾巴!"这是他低调的主要原因。

后来，风气渐渐地开化了，卢小胖子有些复活，但因为恐惧、压抑久了存有心理阴影，他们绝对不敢满血。但他可以七零八落地转了，因为他有手艺——说大鼓书。

说大鼓书是地方说法，又叫说书，其实就是评书，配以小鼓、竹板。可能因为卢小胖子地主家庭出身，读过私塾，读过很多书，记得住封神演义、项羽刘邦、三国演义、隋唐英雄、杨家将、水浒好汉、聊斋鬼狐。于是，他就开始说书。每一个晚上，他到了谁家，饭前先将小鼓敲上一阵，咚、咚咚、咚咚咚、咚咚咚咚，再唱上几句，算是预告。吃完晚饭，听说书的左邻右舍陆续到了，主人家会说："天也不早了，人也不少了，咱们开始吧。"卢小胖子有些得意地坐在上方八仙桌旁边，咚咚咚敲上一阵小鼓，和两声竹板，"一个大姐牵个羊，咩啦——书帽这点长"，就开始说书了，一说差不多两个小时。

作为回报，到现场听说书的人要带一个鸡蛋或者给一毛钱。我因为年岁小怕走夜路，更是因为给不起一个鸡蛋或一毛钱，所以很少去现场听说书。只有一次，由邻居带着去现场听过一次。只见说书人左手拿着竹板，右手拿着鼓槌，微闭着眼，摇头晃脑地在那说唱，很投入，很陶醉。两只手也很熟练、很协调地配合敲打着。他喜酒，晚饭要是让卢小胖子喝上二两白酒，他会说得更好，时间更长些。中场休息时，大家纷纷掏出鸡蛋或一毛钱，我脸红地躲在一边很不好意思。

更多的时候，我在自家的稻场上乘凉，听一河之隔的那边卢小胖子说书，听或急或缓的鼓声、竹板声，听含混、沙哑的说唱声，在夜空飘荡。我也曾想过再近一点听清内容，或躲在墙角里偷听，但那终究与小偷一般，实为人不知耻，也就没敢。我躺在铺在地上的凉席上，看满天闪烁的繁星，那疙疙瘩瘩的星星重叠着，我真怕它们挤得掉下来。

后来，大舅买了收音机，挂在他门前的老梨树枝上，固定时间我们就去听刘兰芳的评书《岳飞传》，从"上回书说到——"到"且听下回分解"，我们天天为岳飞的步步陷阱提心吊胆，对秦桧的险恶歹毒咬牙切齿。接下来，家家都有了电视机，再也没有人想起卢小胖子的大鼓书了。说书没有了市场，又不怎么会种田，卢小胖子又落魄了。

　　几年后，我读书回家，消寂了的卢小胖子又出来了。也许是军人情结，冬日里他总是穿着发黄的棉袄，有些脏；脸也不怎么洗，眼角堆着猫屎。他不讲究这些，也不顾忌颜面。二舅说："闻着谁家的锅里香，他就过来了。"按老家话说，"脸皮真厚"。他一家一户蹭吃蹭喝，谁要是待见他，他会去得更多，逢人会说，谁谁对他多好，请他喝酒！

　　谁家要是杀猪，他听到猪叫声就会过去，坐在那里等着。别人都忙着，不怎么搭理他，他也无所谓。别人有一句没一句地聊着天，有机会他总是抢着话茬说上两句，以示他的存在。他一直等到猪收拾出来，肉烧好，酒倒上，吃好喝好歪歪倒倒才回去。这时期，他比较贪杯，总想多喝一点。老家喝酒多有划拳，别人划拳都想赢，赢了很高兴，那是智力的胜利，他却不是，他划拳不想赢，赢了拳他很懊恼，怔怔地待在那里，看自己的手。因为赢了拳、输了酒——没有酒喝，他自己不高兴起来。

　　再后来，我到北京上学、工作，就一点都不知道他的消息了——那个一直踱着方步、满腹经纶的说书人。

光德兄和他的死结

　　清明节之际最容易让人想起已故之人,无论故者是亲戚、朋友,甚或是认识的普通人。稍稍一算,光德兄已经逝去五年多了,不禁让人感慨。时光流逝得飞快,人之离去已久,早就想写点有关文字,却一拖再拖,直至这个清明从故乡返回,提笔述之以纪念缅怀。

　　光德兄大名朱光德,皖西霍邱(叶集)同乡。他个子不高,胳膊和腿都不长,走起路来和开车一样快,同乡、著名军旅作家徐贵祥爱开玩笑说他"就像个蛤蟆"。他行伍出身,后转业到国家邮电局、中国电信工作。早年在北京军区当兵,他与同乡者联系并不多。我和他认识,是在贵祥兄长篇小说《历史的天空》获得茅盾文学奖前后。认识虽晚,但一发不可收拾,一时间,几乎是每周必聚。按贵祥兄发信息邀约,是"朱王徐唐、裴杜金张,某时某地集合"。朱(光德)王(积尚)徐(贵祥)唐(先武)、裴(国玺)杜(明权)金(国辉)张(保军),按老家说是老八角——老是那几个比较铁杆的货色吧。

　　光德兄为人者长,又憨厚豪爽,渐成霍邱在京老乡圈里领头儿,"朱老大""霍邱村村长"便叫开了。我们一起接待老家来京办事者,联系、协调,提供方便;一起周末自娱自乐,喝酒打牌,其乐融融。

　　光德兄较有才华,犹爱吟诗赋词,一有风吹草动、触景生情,他是一定要创作的，因此每周都有作品，并在第一时间用手机发给我们看，自谦为"改改"。其实，我对韵律并不太懂，只是在文字上把握住下他不因急就而出现错别字。

记得有一年清明节，我回乡扫墓路过肥西，正在欣赏那片油菜花黄之际，手机收到一条信息，是光德兄发来的。他开车返乡，一路兴奋："现将路上所填《汉宫春·清明返乡感怀》草稿发给你，请雅正：'桃红梨白，黄绿伴春色，竞放迎客。江淮故里，瞬间四十有别。华发早生，堪回首，不忍细说。人道是，疏狂玩劣，少年鸿鹄胸怀。油灯寒窗励志，漏趾踏冰雪，实欲成才。后赴戎机千里，关山飞跃。悠悠岁月，怎一个成字了得。不可望，叶落根在，更需常记心怀。'"思乡恋乡，浓浓乡情，诸多感慨，流露词端。

浓浓醇酒，满满乡情。皖西故里，山清水秀，群山环抱。在那里，见家乡朋友，说家乡土话，吃家乡土菜，喝家乡老酒，呼吸清新空气，话旧又叙新情，融融乐意，岂不快哉！

过了几天，又收到了光德兄发来的信息。他自驾车返京已抵济南。"清晨在济南市新世纪大酒店中醒来，回思此次返乡，幸福多多，快乐多多。以《清明返乡幸福快乐》诗表达心情吧：清云薄雾拢春怀，明水秀山皆春色；返乡踏春游子醉，乡音乡情涌春来。幸运之花争春放，福雨春风染绿苔。快马托书谢春意，乐君祥运伴春开。"清玥返乡幸福快乐！这首藏头诗的最大特点，除了字里行间都体现出"情"字外，就是每句诗里都嵌有"春"字，颇具匠心。

返京后，几位"老八角"再聚，同乡、中国科学院博导裴国玺在外出差，专门给我发来短信："老大清明回乡感慨颇多，写了不少好诗词，晚上多敬几杯。"

老大吟诗赋词，还有一个笔名，叫岑篁，可能取自老家绿荫匝地、绿竹绕庄之意。写得多了，他集结、打印出来，便有了一本诗词草稿，这是他多年的心血结晶，是他的心爱之物。在他西去出发之前的一个月，曾很郑重地交给了我，让我好好看看、改改，他联系了一家出版社要出版。我当是学习、欣赏，想把他的文字顺一顺。一周之内，他三次提醒我，千万不要弄坏了、弄丢了。一周后，他还专门开车给取回去了。其实，我们见面是很频繁的。如此等不及，可见他多么视为珍宝！

老大还是摄影爱好者，也曾拍出了很多好照片，还是电信系统摄影协会的参与者、领导者，经常积极组织参加摄影活动。那次清明回京后见面和我说，在肥西那里，他也拍了很多油菜花照。

老大是潇洒的。由于摄影和以景写诗赋词，加之家里的温情似乎也不多，所以他总爱一个人自驾游。每到节假日，他都喜欢一个人驱车四海游荡，独乐乐于天地山水之间。直至最后驾车西去而不归，这一去就是五年多。这五年多的时间里发生了很多事，他都不得而知。不过倒好，按老家话说，他是"早死早脱身"，抑或是"早死早托生"。据我所知，我更相信老大是前者，我是有我的道理的。

文人墨客在骨子里都是单纯的理想主义者，面对斑驳陆离的现实，犹如困兽，挣扎得满身疲惫而不得出，光德兄亦然。那一年，光德兄年近60，行将退休，家乡有人找到他，说他是央企领导、霍邱村村长，在外能耐大、认识人多、号召力强，要让他牵头招商引资，干个50亿的湿地公园大工程，回家养老，为家乡发展贡献力量。说干就干。当地在已有的基础上，再圈山、圈陵、圈湖、圈地，那图纸都送来北京了，面积巨大。

领导、村长、老大，他被大家这样一遍遍叫着，很有些得意，甚至有些飘。说是虚荣心、好面子也好，喜欢戴高帽子也好，赶鸭子上架也好，反正老大就答应了。那一阶段，我们见面，他就谈工程开发。他把一堆图纸拿给我看，介绍说哪是亭台楼阁，哪是湖心公园，哪里放牛放羊，哪作观光农业，哪是商业服务区，哪是美食一条街，如此等等，醉心醉脑。工程是很好的。于是，地方上一会儿来汇报四周围栏圈上了，一会儿又来汇报准备通电、修路了，让老大抓紧推进、筹钱，以作前期运作经费。催、催、催！但对于老大来说，表面上的雄心勃勃和实际上筹不来钱是矛盾冲突的。他没有多少钱，还不会理财，肆意乱花。他也没有那么大的号召力,根本筹不到多少钱,别说50亿,哪怕500万他都无能为力。于是,催钱就是催命!

虚构的光环就像囚禁他的逼仄牢笼,如何脱身?他拼尽气力挣扎却欲出不能,反而被囚笼锁得更紧。真是到了骑虎难下的窘境,他心里彷徨、焦虑而不知如何处置。那一阶段,也经常醉得一塌糊涂。醉后总要去歌厅,每次都声嘶力竭地喊那首《死了都要爱》,甚至一晚上喊几遍。有一次醉后老乡送他回家,到了家门口,送的人走了,他又跑到大街上,摔得一脸血,被环卫工人送到医院,醒来后不知为什么他一遍遍喊:"我要跳雅鲁藏布江""我要跳雅鲁藏布江"。他矮小的身体里奔腾着汹涌的洪水,似乎随时要决堤。这疯狂喊出的"死"与"雅鲁藏布江",冥冥中和他最后的结局早有关联。不管是为了释放、宣泄,还是故意作践自己的身体,我想他潜意识里已有了"早死早脱身"的死结。这五年多来我一直这样想。

他这潜意识的死结还在去新疆、西藏发生的事情里,多次得到印证。他从不结伴,虽然在新疆遇到同游者,但很快他又一个人独闯塔里木大沙漠。车子陷入沙丘,没有水食,手机没电,困境待死,虽后来幸运地遇到游者得以解救,他却依我故我。在维吾尔村遇到偷盗者,他跟人家年轻人玩命。我打电话给他问平安,他得意地和我说:"我发火孔起来了,他们吓着了,跑了。"

心有死结,无所畏惧。老大就是不想吸取教训、应对危险,而是故意把到来的危险放大。游完新疆,进入西藏,遇到阴雨,天气降温,他在一个藏民那花了几百块钱买了雨衣和一堆衣服。此时,他已有些轻微感冒。当过兵、经常外出的他,当然知道高原感冒易得肺水肿的严重性,偏偏车过了雅鲁藏布江大桥,准备进入四川时,他发现所买的衣服人家只给了一半。他很生气!虽然回去有400多公里的路程,他却一点都没考虑就掉转车头,回去找人。人是找到了,穿在人家身上的衣服也当场扒下来了,但来回800多公里的川藏公路啊,一个感冒的人连续驾驶,正是验证了"人作死不得活"。果然勉强到了昌都,人躺下了,再也没有起来。也许，这正是他所要的死结"脱身"，并且就在雅鲁藏布江畔。人啊，不能死要面子活受罪，反送了卿卿性命。

老大走后，贵祥兄最悲伤，多次泪流满面。因为他们走得更近，虽常开玩笑但感情更深。诸多后事办完后临近春节，贵祥兄喃喃地说"都不知道今年的春节怎么过了"。

老大走了，他的诗词集出版再也无法实现了。就以老大40年前即1979年4月5日填的词《采桑子·清明悼圆明园》作为本文结束吧——

　　　细雨烟柳残墙垢，
　　　蒹葭嫩长，
　　　新竹苍篁，
　　　金山光芒韵悠长。

　　　当年贼火燃夜昼，
　　　塌了黄堂，
　　　断了画梁，
　　　满目疮痍恨断肠。

生命,总是太匆匆

世事无常。

接到《中国绿色时报》慎元兄电话,说"环保老人"杨时光去世、去八宝山告别之事,说他们几个好朋友曾约定每年正月十六一聚,已有十几年了。今年正月十六,杨老因为生病没能参加,不想这么快就走了。从电话里我能感受到他们深厚的友情,我安抚着、劝慰着。

杨老原是中国人民广播电台资深记者,后于 20 世纪 90 年代初始就扛起中华环保世纪行大旗,是奋力的开拓者和积极的推进者。我和杨老是忘年交,因工作结下深厚的友谊。在中华环保世纪行,我们多次一块儿组织、推进中国环境保护宣传活动,为中国的环境保护鼓与呼。此时唯愿杨老一路走好。在这个尚有些寒冷的春季里,天堂里已开满鲜花拥抱您!

半夜醒来,又想到此事,仔细一想,猛然一惊:一朝约定,十年坚守,雷打不动,风雨无阻。这是什么样的感情!如此这般的朋友,人生又能交几个呢?这是慎元兄的幸事,也是每个交友者的极致追求。可从小到大到老芸芸众生中,随着生活、时空的变迁,朋友一茬茬地换,又有几个能留下来推心置腹地交往十年、交往一辈子!

又想到前些时日网上喧嚣:汪国真去世了,享年 59 岁。这个社会,一活也都是 80 多、90 多，59 岁辞世是有些太早了。每个人似乎都在感慨，但透过现象看本质，汪国真之死，其实只是一个导火索，我们疯狂地怀念汪国真，更多的是怀念自己的那个青葱时代，更多的是感慨自己的人生、生命，这才是爆炸的结果。

你走远了，纯真的青春也走远了。这个世界疏淡了你，你要换个环境再吟诗。

20 世纪 90 年代初始，汪国真横空出世的那个时代，正是一个青黄不接的转型时代。大环境市场商海带来的浮躁和冷漠淡薄已经蠢蠢欲动，而传统文化的秉承、亲情感情的交流也还没有完全放弃，多说几句的书信是坐不下来，也静不下来写了，BP 机、大哥大电子通信又没有普及，逢年过节，包括平时交流，写贺卡、明信片成为那个时代的产物。学会他那风格，我也可以信笔就写，我寄出的明信片语句都是我的原创。还记得最多一季从圣诞到新春，我就收过 330 多张贺卡、明信片。三言两语、只言片语，当祝福没有那么深沉，当问候成为一种形式，写上两句汪国真的诗，就这么轻松、简单地给亲人、给朋友、给认识的人、给想认识的人交代了。

如"没有比脚更长的路，没有比人更高的山""我不去想是否能够成功，既然选择了远方，便只顾风雨兼程""人生并非只有一处，缤纷烂漫，那凋零的是花，——不是春天"……有对成功的祝贺，有对失意的劝慰，小清新、小感情、小励志、小哲理，你选吧，汪国真大多都有。不写也可以，你就顺着他的思路创作吧。当年，我所有贺卡、明信片上的语句都是仿汪国真体自己创作的。不想手写也行，大街小巷漫天卖的都是印好汪国真诗句的贺卡、明信片，你挑选填上名字称谓即可寄出。只是，没有一个人给他稿费、版权税。也许正因为如此，21 世纪后有一次忽然听说，汪国真开的一家书店还是饭店倒闭关门了，他有些穷困潦倒了，我心里很有些不是滋味。因为曾经的崇拜者、成功者轰然倒塌，让后来奋斗者感到恐惧与彷徨。

又一个时间，和同学何兄喝茶，他说了一句"景红梅走了"。我心一惊！

景红梅是研究生同学，北京女孩的范儿。早年在学校时性格活泼、开朗、大方。我一个同宿舍的好兄弟曾一直暗暗地恋她，她却毫不理会，倾心别人，只是毕业后都没成眷属。想那时，我对她也是有些仰视，不敢亲近。后来她读了博士，在北京师范大学任教。平时没有联系，这次听到的是毕业后她唯一的消息，却让人扼腕叹息。曾经的爽直、高傲，如今黯然离去，四十几岁的人英年早逝，阴阳两隔，生命脆弱，令人唏嘘。

应了这个暮春季节，一下就想到了"林花谢了春红，太匆匆"这句词！南唐后主李煜皇帝没当好，却是写词的高手。他的《相见欢》全词为："林花谢了春红，太匆匆，无奈朝来寒雨晚来风。胭脂泪，相留醉，几时重？自是人生长恨水长东。"

"林花谢了春红"，林花本是春天最美好的事物，春红更是春天最美丽的颜色。这样美好的事物、美好的颜色，突然间径自"谢了"，多么令人感叹怜惜。而续以"太匆匆"，推进林花凋谢之快速，则使这伤春惜花之情更迸烈，惆怅感叹之情更深沉。

不仅是林花如此，一切有生命的事物都是如此。社会之事也是如此。花开得红了紫了便是落红便是春泥，到达成功的顶峰便是迈向失败的开始，事物总是从一个极端走向另一个极端。正如北京的银杏叶，刚落满一地的金黄，是晚秋一道美丽的风景。时间一长，就成了一片垃圾、一片狼藉。

友人逝去的消息让知道消息的生者麻木不得，提醒似的再一次思考生与死，思考人生与生命。去年春末出差西安，我在微信朋友圈发了一张刚拍下的鲜花不再烂漫的图片，配了这句"林花谢了春红，太匆匆"词。很快，很多位信友点赞、点评予以关注。大家都有这种怜惜之意，都有这种惆怅之情，都有这种人生感悟，都有这些中年共鸣！

祭拜南岳忠烈祠

据说,南岳衡山就是"寿比南山"中的"南山"。曾读过一些史料知道,蒋介石曾经在抗日战争期间在这里修建过一个忠烈祠,以纪念抗日战争牺牲的国民党军队阵亡将士,此大举哉! 也是蒋介石在大陆修建的唯一纪念抗日阵亡将士之地。只是经历时空变化,不知有没有被破坏? 凡为国捐躯者,都是国家烈士,都要写入民族青史,都值得永远纪念!

青山有幸埋忠骨。新年刚过,在湖南省军区的安排下,我们一行数人前往这里看到,在松柏掩映的翠峦环抱之中,有一座仿南京中山陵形式建造,或称"小中山陵"的宏伟陵墓。它肃穆地面向北方,屹立于香炉峰下方。这就是当年蒋介石国民政府修建的纪念抗日阵亡将士的忠烈祠。

在前往忠烈祠的山路上,寒气袭人,我们看到了南方的奇观——雾凇。英雄壮举,苍天垂泪!

当我踏上忠烈祠祭拜第一步,即对长眠在这里的民族英雄们肃然起敬! 这一刻,我也陡然对蒋中正先生肃然起敬,心存感激!

讲解员介绍说,忠烈祠于 1938 年筹建,1942 年落成。1943 年 7 月 7 日,第一批入祠的抗日阵亡将领有战功显赫、大名鼎鼎的张自忠、郝梦麟、佟麟阁、赵登禹等几十位。那时候中华民族正在浴血奋战,全力抗击日寇侵略。

"湘水忠魂齐永壮,衡岳正气共长存。"步入忠烈祠,通过高大雄伟的三孔牌坊,是一个开阔的庭院。两排整齐的翠柏亭亭玉立,沿花岗岩石板大道前行百余步,便是"七七纪念塔"。因为整体建筑群自下而上、由低向高地推进,纪念塔倒没有天安门广场人民英雄纪念碑巍然屹立的感觉,只是纪念塔中间有五颗炮弹雕塑一下抓住眼球。弹体一六四小,屹立在一起,直指蓝天,象征着汉、满、蒙、回、藏等各族人民同心抗日,"武力御辱"!

我们的步伐沉重而缓慢,一一凭吊。再往前便是石墙碧瓦的纪念堂,古朴大方。纪念堂中央,耸立着一块高约6米的汉白玉石碑。石碑正背两面原刻有纪念抗日阵亡将士碑文,英名永存。纪念堂后面,沿山势拾级而上,建有致敬碑。致敬碑有四条柱拱托着平面石板,上面是一个大型球冠,两旁各有翠柏一株,象征着抗日阵亡将士永垂青史。路旁有一石碑,正背面刻着"游人到此,脱帽致敬"八个字,提醒游人到此肃立,缅怀英烈。

再上去便是享堂了。享堂是忠烈祠里最大的建筑物,上面悬挂着金色的长方形横匾,题字"忠烈祠",款署"蒋中正"。特别是"烈"字上少了一点,说是蒋先生不愿这些民族精英的逝去而故意处理的。地面呈十字形,享堂正中设置抗日阵亡将士总神位。那些是民族英雄!

在我的提议下,我们一群军事记者和解放军官兵一起,在抗日阵亡国民党将士总神位前敬献了花篮,并一起三鞠躬祭拜英灵。

在忠烈祠四周苍松掩映的山头上,共有13座大型烈士陵墓,安葬着中国抗日阵亡将士的遗骸。其中有74军、60师、140师等集体公墓3座。另有郑作民、孙明瑾将军等个人墓葬。忠烈祠最大的一座坟茔里,埋葬着国民党37军60师师长董煜收集的该师在湘北抗日阵亡将士的遗骸,共2728具。据有关文史资料记载:国民党60师曾在淞沪、浙东、苏南、赣北、鄂南、湖南等地与日军浴血奋战,壮烈捐躯,歼灭了日本侵略军近卫第9师团和第6师团。国民党抗日之惨烈从中可窥见一斑。

墓依祠建，祠因墓显，名山忠骨，相得益彰。这些中华民族的英雄啊，你们永远激励我们！我们永远哀思你们！

回眸再看，忠烈祠规模宏大，依山而建，牌坊、七七纪念塔、纪念堂、致敬碑、享堂组成一体，既沉稳厚重又落落大方。两侧翠绿山峦，四周古树参天，后面还有一片纪念林，把整个纪念建筑群紧紧地环抱于山中，衬托出庄严、肃穆的气氛。

屈原和他带来的故事

又是一年粽叶、艾叶飘香时。

过端午节，国家法定放一天假。平时较忙，好多人没联系，这个时节问候一下，于是短信、微信就有了"端午节快乐"之语。可是，有研究学问者说不能如此说，不合适，应该说"端午节安康"。原因是端午节和清明节一样，都是祭祀节，不能轻松快乐。

我不以为然。

端午节的由来有很多说法，最大众的说法当然是纪念屈原。2000 多年前，楚之大夫屈原诤言逆耳，报国无门，投江而死。屈原死后，楚国百姓痛心不已，纷纷涌到汨罗江边去凭吊纪念。有人拿出饭团、鸡蛋等食物丢进江里，想给鱼龙虾蟹喂饱了，就不去吃屈原的肉身了——这便是端午吃粽子吃鸡蛋的由来；渔夫们飞速划船，在江上来回奔跑找寻屈原的真身——这便是端午赛龙舟的由来；还有人拿来雄黄酒倒进江里，说是要晕倒蛟龙水兽，以免它们伤害屈原——这便是端午要喝雄黄酒的由来。都是些心情沉重的事儿。

即便如此，我还是想从另一个角度看问题。屈原之所以投江，是因为他的胸怀、志向与理想已高于生命。壮士悲歌——他用结束生命之举让朝廷重视、让国人关注，从而改变朝廷现状，让楚王理朝问政、富国强民，让老百姓安康快乐，这应是他的追求。他报国无门而以死明志，是解脱，也是一种快乐；而让他施政报国，他最大的追求就是让百姓快乐，他也就快乐了。死者快乐，生者快乐，缘何如今就不能说快乐了？

再者说了，即使最初的端午节是因屈原之死而起，是悲壮，但2000年下来后，端午节已经成中华民族重要的传统节日，其间历朝历代都有不断地补充与赋新，它远远高于一个人的生命和一个人的政治抱负。如今新时代，吃粽子吃鸡蛋亲人团聚，赛龙舟拼比赛团结奋进，热热闹闹的都是快乐。从这一点说，端午早已不是祭祀节了。

在我的老家皖西，端午节还有很多事情是要做的。

端午节前几天，无论穷家富宅，每户都要备些糯米、笋叶、鸡鸭蛋。端午节前一天下午，母亲将土屋的地面扫干净，再洒点水以防扬尘，拿来泡好的糯米、煮软的笋叶，带着姐姐准备包粽子。有时候，外祖母也过来一起包。农村的五月，是农忙的时节，既是午收，又是夏种，但随着端午节的到来，农活都要暂停下来。难得这么忙里偷闲，几个人围坐在一起，一面包粽子一面说着话，说些家长里短、人情冷暖的那些事，说着收获、说着希望。我们在一旁调皮地玩耍。没有玩具就什么都是玩具，我们一会去抓几粒米，一会去扯一片粽叶，一会还将盆里的水捧出来弄湿了一地。次数多了，动作大了，母亲便会训斥几句。然后，她们依然说着话、包着粽子，而我们依然调皮地玩耍着。

第二天一大早，家家炊烟袅袅，大铁锅下的柴火烧得通红。富人家大锅满满实实，尤其是鸡蛋鸭蛋煮得多；穷人家小锅用水盖过半锅，但鸡蛋鸭蛋也有几个。这鸭蛋和少部分鸡蛋是咸的，清明过后就开始腌制，用老泥加点新鲜的红土（含铁）与适量的盐，搅拌交融成卤泥，再把挑选好的新鲜鸭蛋鸡蛋用卤泥裹好，放进老坛子里腌上。等到端午节时取出、洗净，放在大铁锅里和粽子一起煮。那煮好的鸭蛋切开来，金黄流油的蛋黄煞是诱人。

孩童们是天真无邪的，不管锅大锅小、蛋多蛋少。糯米、笋叶和着煮蛋的清香，阵阵飘出，让农忙疲倦的我们也不忍再多睡一会，兴奋地爬起来，拿着镰刀，到丘陵荒野里找一片艾蒿林，砍上一堆，抱回来。出去一忙碌，经过邻居家的门口，有客气的便会拿出新出锅的鸡蛋给上一个，我们嘴上客气地说"不要不要"，心里早高兴得不得了。回到家，在每个门框上插上两支大大的艾蒿，便开始吃粽子、吃鸡蛋——这是日常清贫生活的改善。

端午插艾蒿，老人说是辟邪的。我后来想，更多的应该是预防疾病、防蚊驱虫。农历五月是夏至前后，被认为是毒月，暑气上升，天气燥热，人易生病，瘟疫也易流行，加上蚊虫繁殖，蝎子、蛇、壁虎、蜈蚣、蟾蜍五毒齐出，叮人咬人。而艾蒿具有特殊的馨香，可以驱除蚊蝇、灭菌消毒，还能安眠助睡解乏，增强人体对疾病的抵抗能力，对于缺医少药的农村，艾蒿的作用功不可灭。

皖西的端午节，农活再忙，有一个功课也必做，那就是：接嫁出去的女儿、接未过门的媳妇来家过节。节前两三天，田田埂埂、庄庄落落走的都是接亲人，这个形式必须要，否则不合世俗，要成为左邻右舍茶前饭后谈资的。接来的人在娘家或准婆家过端午节，中午要杀鸡买肉好好吃上一顿，饭后还不能外出，叫作"躲午"辟邪。

我在想，这或许是对女人们的一种保护。这一时节，正如布谷鸟所叫"阿公阿婆，割麦插禾"，既要抢收麦子，又要抢插秧苗，所谓"双抢"，气温又高，白天黑夜里地忙，忙得脚底朝天，会累坏人的。女人总是弱的，于是设一个端午节，让女人出走，短暂地歇一时，吃粽子吃鸡蛋吃鸡鸭鱼肉补充营养，调整一下，再继续忙碌。老祖宗的每一个设置、安排，都是有深层含义的。

再说准媳妇进村，大多是怕见人的，总是低着头，躲躲闪闪、羞羞答答地疾步快走，希望马上进院进屋。你想，本身就是一个小姑娘嘛。但偏有顽皮的小男孩见着了，"小媳妇""新娘子"地叫起来，当地还有更接地气的叫法，"小蛋子老马子来了"，喊的是"老马子"还是"老妈子"，无法考证清楚，只是叫得小姑娘满脸通红，娇羞地嗔怪着。而准媳妇过完节回去，婆家还要准备一些礼物，如草帽、蒲扇、毛巾等三伏天干农活必备的物品，同时还要给个十元、二十元钱礼金，回去买西瓜买衣服。

有一年端午节前，皖西那片突然有个说法，必须要给嫁出去的女儿、未过门的儿媳妇送红伞，否则流年不利。于是当年端午节，所有商店的红伞销售一空。那一年烈日、雨天，红伞遮天，成为当地的一道风景线。我猜测，这是当地的商家行为，红伞卖不掉积压在仓库，于是编造了这么一个谣传进行促销。不过，效果很好，皖西农民是朴实、善良的。

皖西端午节，都是中午过，一大家子大团圆。江浙一带喝雄黄酒，于是喝出了白蛇救许仙偷盗灵芝草的故事。而皖西一带，男人们还是要喝白酒解解乏的。农活太累，儿女满堂，喝上几杯，晕晕乎乎地睡上一觉——"双抢"以来从来没有午休的！

醒来，男人们"咕嘟、咕嘟"喝一大碗凉茶，便一刻不停地走进骄阳似火的农田里。

后　　记

日子过得飞快,转眼,离上本书《城市诱惑》出版已有7年了。闲暇之余,又写了一些非新闻性的文章。这些文章,除了几篇在小众朋友圈发发,获得几个点赞、几句点评外,大多都没有公开发表过。这次,感谢安徽文艺出版社结集出版,以示大众。

总有丝丝乡愁萦绕于心,而故乡如今却已面目全非,童年的故乡已是回想。它是我人生的起点,于斯,我度过了无知的少年和懵懂的青年时光;于斯,我跨上骏马,踏上了人生新的征程。此后,我走过很多山水与岁月,当我身处在浮华或孤单中时,便会想起我启程的那个地方——故乡,想起记忆中影影绰绰的风景与人,于是用笔录之一二。因此,便有了这本书,并将此书定名为《故乡,已是驿站》。

为了便于阅读和了然,我将挑选的40多篇文章,大体分为四个主题版块。由于是先写出的文章,再人为地归类划分,所以感觉有些牵强与突兀,一些地方有交叉,甚至一些篇章所放的版块显得不伦不类,但好在每篇都独立成章,虽不尽如人意,但无妨大碍。

第一部分是"回眸故园"。"故园渺何处,归思方悠哉。"离家多年,我已只能在他乡回望故园的风景了。所收的《卖新鲜鱼喽》《皖西结婚的那些事儿》《五月槐花又飘香》好几篇文章，都是通过童年的视角来回忆儿时的故乡，字里行间流露的不仅有对故乡深厚的思念之情，更有对回不去的童年时光的眷念。那时候的日子有着单纯的快乐，犹如我种在屋后的刺槐树，在阳光下堆满白亮亮的花簇，飘着淡淡的香。

第二部分是"山水云天"，是我游历祖国各地一些名山大川的游记。作为一名中央媒体记者，经常各地出差，故饱览了祖国的大好河山。古人云，"读万卷书，行万里路"，从故乡这个驿站出发，沿途的风景吸引着我，让我驻足稍作休憩。

古人说"走马观花"，现代的节奏太快，很多风景只能走（跑）马观花。曾经踏足的名山大川，这几年有的又故地重游，又有新的发现与感悟，做些增改，忝列于此。比如，武夷山《一场山水与茶的邂逅》，是再次前往，了解了开山，观看了令人震撼的《印象大红袍》，补充了新内容。还有《最是伤心红桧木》，本来是几年前在台湾阿里山看到的，今年春节去广西壮族自治区玉林北流市，竟又见到许多台湾运来的桧木，便串将一块写了。

第三部分是"成长时光"。上本拙著《城市诱惑》出版后，有朋友就说部分篇章有点像自传，而此次结集出版的本书自传味更浓。散文这种文体本就是记述所见、所闻、所感，犹如朝花夕拾，在记忆的花海中采撷几朵，夹于书页风干，偶尔赏之。《花开时节》《梦想时代》《在北京读研的日子》记述的就是求学过程。《告别童年的祝贺》一文，则是写给儿子12岁时的一封信。因此，本版块有我的成长记录，也有一点儿子的成长记述。

第四部分是"逝者如斯"。写了一组逝去的人物和对生死轮回的一些思考。其中《奶奶的回忆》《三舅》来自拙著《城市诱惑》，因反响较好，这次略作修改，又收集于此。《大三舅》《邻居老猫》《卢小胖子》《光德兄和他的死结》都是最近刚写的文章。在我认识的万千人物中，这些人并未因时间的久远而淡忘，反而因时光的雕刻，他们的形象在我的脑海中愈加鲜明。这就像大三舅的故事和卢小胖子的评书，虽时隔多年，此后看过浩繁的电视电影，经历过无数的人情世故，但对他们，我始终忘记不得。特别强调《祭拜南岳忠烈祠》一文，是带着感情再次呼吁，不要忘记我们的抗日英雄。

我一直琢磨，散文虽以真实性为基础，但可分为两类，一类是记述式散文，写的是自己亲身经历的事与生活，所以多以第一人称出现，通过"我"的视角来看、来感，进行文学修饰。本书大多都是此类散文，无论是对童年故乡的记忆，还是皖西风土人情的描述；无论是一个个生活中已逝去的人物，还是纵横驰骋山水四方的游记。

我常认为鲁迅的《藤野先生》和朱自清的《背影》为记述式散文的传统经典，但两者又不完全相同，前者感情收敛，刻画细致，犹如雕塑家专心致志地雕出一件艺术品，于细节处着力，视角是冷峻而客观的。而后者《背影》直接糅进了丰富的感情，文中还有几次"哭"的描写，此类散文感情外露而真挚。虽中国的审美讲究情感表达需含蓄克制，但情到深处，自然流露，有情感的铺垫，"眼泪"并不突兀。我受这类散文的影响较大，虽水平远不及他们高。《卢小胖子》《邻居老猫》等的视角学的是鲁迅的客观、冷峻，在《想念您，姥姥》中感情的外露又似《背影》了。

我琢磨的另一类散文是创作性散文。此类散文多以第三人称记述，文学创作的味儿更浓些，因此和小说有些相近，有些甚至直接归于小说类，只是没有小说的曲折、复杂的情节，更没有小说的线索埋伏。此类散文虽然具有真实性，但又不一定发生在一个人身上，是多个人经历的事与生活，具有泛社会性，是一个时代的真实产物。也就是说，这些故事与人物是在现实社会中存在的，带有普遍的真实性，实实在在地源于生活。正如我所写的《木匠与女人》《伙伴》等几篇。收入本书时也曾想独立拉出一个版块，又怕我对散文如此分类站不住脚，所以还是分别归于相近板块了。

当然，这类散文也有"听述式"写法的，如屠格涅夫的《猎人笔记》，把一个猎人的所见所闻录之笔端，虽有"我"在里面，但其实写的是别人的故事。

谢谢贵祥兄的鼓励与支持！

全书以《卖新鲜鱼喽——》《皖西结婚的那些事儿》的皖西文化开始，写的大多是皖西一带的那些事儿，权当是江淮文化一滴水珠，奉献给您。

唐先武

2019 年 7 月 6 日